ABEN HUMEYA

Libros a la carta

Partiendo de nuestro respeto a la integridad de los textos originales, ofrecemos también nuestro servicio de «Libros a la carta», que permite -bajo pedido- incluir en futuras ediciones de este libro prólogos, anotaciones, bibliografías, índices temáticos, fotos y grabados relacionados con el tema; imprimir distintas versiones comparadas de un mismo texto, y usar una tipografía de una edición determinada, poniendo la tecnología en función de los libros para convertirlos en herramientas dinámicas.

Estas ediciones podrán además tener sus propios ISBN y derechos de autor.

FRANCISCO MARTÍNEZ DE LA ROSA

ABEN HUMEYA
O LA REBELION DE LOS
MORISCOS

BARCELONA **2006**
WWW.LINKGUA.COM

Créditos

Título original: *Aben Humeya o La rebelión de los moriscos.*

© 2006, Linkgua ediciones S.L.

08011 Barcelona.
Muntaner, 45 3° 1ª
Tel. 93 454 3797
e-mail: info@linkgua.com

Diseño de cubierta: Linkgua S.L.

ISBN: 84-9816-652-7.

Las bibliografías de los libros de Linkgua son actualizadas en: www.linkgua.com

SUMARIO

PRESENTACION

La vida

Francisco Martínez de la Rosa (1787-1862). España.

Escritor y político español, nació en Granada en una familia acomodada de comerciantes y murió en Madrid. Se graduó en leyes y en 1808 fue nombrado catedrático de la Universidad de Granada. De ideas liberales, es uno de los primeros representantes del teatro romántico español.

Fue diputado en las Cortes de Cádiz. Fernando VII, promulgó un real decreto, el 15 de diciembre de 1815, que condenaba a cincuenta y un diputados a penas de prisión, destierro o multa y confiscación de bienes, entre ellos a Martínez de la Rosa, a quien le impusieron ocho años de cárcel.

Ministro de Estado en 1822, tuvo que exiliarse en Francia un año más tarde. En París estrenó Abén Humeya, drama histórico en prosa escrito en francés. Regresó a España en 1831 y un año más tarde fue nombrado primer ministro. Tuvo que dimitir y volver al exilio en 1835 por el acoso liberal.

El líder de una rebelión

Esta obra relata las vicisitudes de Aben Humeya, líder de la rebelión de los moriscos de la Alpujarra, en la España del siglo XVI.

Personajes

Aben Humeya (don Fernando de Válor)
Zulema (doña Leonor), su mujer
Fátima (Elvira), su hija
Muley Carime (Miguel de Rojas), padre de Zulema
Aben Juhar, tío de Aben Humeya
Aben Abó, Promotores de la rebelión
Aben Farax, Promotores de la rebelión
El Alfaquí, o sacerdote de los moros
Lara, enviado por el capitán general de Granada
El Partal, caudillos de los sublevados
El Dalay, caudillos de los sublevados
El Xeniz, caudillos de los sublevados
Aliatar, esclavo negro
Una esclava vieja
Un pastorcillo
La viuda de un castellano
Moriscos sublevados
Soldados castellanos
Gente del pueblo
Pastores y zagalas
Esclavos negros
Mujeres y esclavas al servicio de Zulema y de Fátima

Ha corrido este drama tan extraña fortuna que, probablemente ha de excitar la curiosidad del público, cualquiera que sea el mérito que se le atribuya. Antes de determinarme a componerle, había sentido vivos deseos de presentar en la escena francesa alguna de mis obras dramáticas; y cabalmente, el buen éxito que había ya logrado en París la imitación de una de ellas1 me animaba no poco a la empresa. Mas en breve desistí de tal propósito, habiéndome convencido plenamente de que una obra de esta clase, compuesta para una nación, difícilmente puede trasladarse a otra, sobre todo cuando el gusto dramático es muy distinto en ambas. Aun el estar mis obras en verso, y el haber de reducirlas a humilde prosa, acabó de retraerme de mi intento; porque temí, con entrañas de padre, desnudar mis composiciones de un encanto que encubre muchas faltas; pocos cuadros hay que consientan perder el colorido, y que aun aparezcan bellos con los meros contornos.

Me decidí, pues, en vista de estas reflexiones, a componer de intento un drama para el teatro francés; pero ¿qué rumbo seguir en empresa tan aventurada?... La primera idea que me ocurrió, como la más natural, fue escribir un drama en castellano y después traducirle; mas, por fortuna, conocí con tiempo que una obra concebida en cerebro español, y vestida al nacer en traje de Castilla, mostraría siempre, por más esfuerzos que se hiciesen, demasiado claro su origen.

Al cabo no me quedó más recurso que componer mi drama en lengua extranjera; y entonces fue cuando se presentaron de tropel dificultades: en una obra didáctica, por ejemplo, cabe practicarse, con o menos presteza, la traducción que se hace siempre en el ánimo cuando se piensa en un idioma y se expresa uno en otro; pero en obras dramáticas no cabe hacerse así, se necesita más celeridad en la concepción de los pensamientos, y más calor en la expresión; las ideas y las palabras tienen que salir vaciadas a un tiempo en el mismo molde.

Tales son los obstáculos que he tenido que superar; y cuando he acabado de convencerme de su gravedad ha sido al verter después mi obra en castellano. Nunca he palpado más de lleno la diversa índole de cada lengua, las ventajas que cada una de ellas posee, lo difícil de trasladar exactamente los pensamientos de una a otra. ¡Cosa singular, y que, sin embargo, no es posible de explicarse! ¡Más me ha costado traducir mi propia obra que si hubiera sido ajena!... Acontece con una traducción lo que con un retrato.

Por lo tocante al argumento de este drama, poco o nada tendré que decir: le busqué y escogí en la historia de España, porque juzgué que así parecería más nuevo y original, al paso que me dejaría campear con más desembarazo, conociendo mejor el terreno. Hasta la circunstancia de ser alusivo a acontecimientos de mi país natal, concurrió a decidirme a favor suyo, aun prescindiendo de otras muchas ventajas: el que haya vivido largos años fuera de su patria concebirá fácilmente esta predilección tan natural; y aun me lisonjeaba, ya que he de decirlo todo, la idea de oír repetir unos nombres tan gratos para mí, y de oírlos en tierra extraña, y tal vez con aplauso. El éxito ha correspondido a mis deseos: este drama ha recibido del público de París la más favorable acogida; pero no me ciega tanto el amor propio que deje de conocer que ha sido juzgado, así en el teatro como en los periódicos, con no poca indulgencia. Mi calidad de extranjero ha desarmado la severidad de la crítica; se ha perdonado mucho en favor de lo extraordinario de la empresa, y no se ha perdido de vista al autor al pesar el mérito de su obra.

La escena en Cádiar, en las sierras de la Alpujarra.

ACTO I

El teatro representa una sala de arquitectura arábiga de la casa de campo de Aben Humeya, en las cercanías de Cádiar; está adornada decentemente, pero con mucha sencillez, y vense en las paredes aprestos y despojos de montería. A mano derecha de los espectadores habrá una ventana, y enfrente de ella una puerta; también habrá otra en el foro, por la que se sale a una especie de azotea con vistas al campo. Hasta la escena séptima, todos los actores se presentan vestidos a la española, excepto las mujeres, que tendrán un traje bastante parecido al de las moras, con un gran velo blanco.

Escena I

Aben Humeya, Zulema.

(Aben Humeya estará sentado, componiendo una ballesta. Zulema se levanta, deja en su silla unos bordados que tenía entre manos, y se acerca a él.)

Zulema	¡No, querido Fernando; el corazón de una esposa no se engaña nunca!... De algún tiempo a esta parte, noto que estás inquieto, caviloso, acosado de tristes pensamientos... Sin duda guardas en tu pecho algún secreto grave; y lo que más temes, al parecer, es que tu Leonor llegue a descubrirlo.
Aben Humeya	¿Y qué secreto pudiera yo ocultarte?...
Zulema	No lo sé; ¡y cabalmente esa misma duda es la que aumenta mi desasosiego!... Te veo en un estado muy parecido al que me causó tantos días de pesar cuando acabá-

bamos de unirnos en Granada; pero entonces yo misma me anticipaba a disculparte: te hallabas en la flor de la mocedad, veías oprimida a nuestra raza y la sangre real de los Aben Humeyas hervía en tus venas con sólo ver al vencedor... Ese fue, y no otro, el motivo que me estimuló a salir cuanto antes de aquella ciudad cautiva, llena de memorias amargas, que mantenían tu ánimo en un estado de tristeza y de irritación, que me puso en mucho cuidado... Después llegué a lisonjearme, te lo confieso con franqueza, de haber logrado mi objeto, desde que fijamos nuestra morada en estas sierras... Al ver que ibas recobrando la paz del alma, me sentía envanecida con mi triunfo; y si tenía que compartirlo, ¡sólo era con mi hija!... Me parecía que su presencia serenaba tu corazón; y los delirios de la ambición no perturbaban ya tu sueño...; pero, te lo repito, de algún tiempo a esta parte...

Aben Humeya   ¿Qué has notado? Dilo.

Zulema   ¿Qué he notado?... ¡Todo cuanto puede afligirme!... Evitas con el mayor cuidado desahogar tu corazón conmigo; y hasta parece que temes que se encuentren nuestras miradas... Cuando mi padre, participando también de mis recelos, ha procurado tantear la herida de tu alma para procurarle algún alivio, has escuchado sus consejos con tibieza y desvío; al paso que te veo rodeado de los más díscolos de nuestras tribus, refugiados en las Alpujarras; de cuantos sufren con mayor impaciencia el yugo del cruel Felipe... ¡Guárdate, Fernando mío, guárdate de dar oídos a sus imprudentes consejos; escucha más bien la voz de tu esposa, que te pide por su amor, por nuestra hija, que no expongas una vida de que pende la tuya!

Aben Humeya	Tus temores no tienen ni el menor fundamento; y tu mismo cariño te hace ver mil riesgos que no existen sino en tu fantasía. Estoy triste, no lo niego; mi corazón está lleno de amargura... ¿Tengo acaso motivos para estar alegre?... Tú misma me despreciarías, si me vieras contento.
Zulema	No, Fernando; yo no me alucino respecto de nuestra situación: sé bien los nobles sentimientos que te animan; y yo propia, así cual me ves, ¡no he nacido tampoco para ser esclava!... Pero ¿qué podemos nosotros, débiles y miserables, contra los decretos del destino?... Si hubiéramos nacido algunos años antes; si me hubiera visto siendo tu esposa cuando el trono de Boabdil aun se mantenía en pie contra todas las fuerzas de Castilla, ¿crees por ventura que hubiera yo entibiado tu aliento, detenido tu brazo?... Pero cuando la ruina de nuestra patria se ve ya consumada; cuando no queda arbitrio, recurso ni esperanza...
Aben Humeya	¡Debo yo estar alegre!
Zulema	(Después de una breve pausa.) ¿Y de qué sirve atormentarte con ese torcedor?... Aun en medio de tantas desdichas, no te faltan motivos de consuelo: ves correr tus días en el seno de tu familia, vives en la tierra de tu predilección, esperas mezclar tus cenizas con las cenizas de tus padres... A veces suelo, cuando me hallo más decaída de ánimo, trepar hasta la cumbre de estas sierras, y desde allí me parece que diviso a lo lejos las costas de África... ¿Creerás lo que me sucede?... como que siento entonces aliviarse el peso que oprimía mi corazón, y me vuelvo más tranquila, comparando nuestra suerte con la de tantos infelices, arrojados de

su patria y sin esperanza de volverla a ver en la vida...
¡Esos sí que son dignos de lástima!

Aben Humeya   (Levantándose de pronto.) No son tan afortunados
               como nosotros.

Zulema   Pero ¿de dónde proviene esa agitación, que intentas en
               vano ocultarme?...

Aben Humeya   ¿Yo? Estoy tranquilo... ¿No lo ves?...

Zulema   ¡Ah! esa misma tranquilidad es la que me hace estre-
               mecer.

Aben Humeya   Sí, estoy tranquilo; y sin embargo, veo el trono de mis
               mayores hollado por el insolente español, nuestras
               mezquitas convertidas en polvo, nuestras familias
               esclavas o proscritas... ¿Qué más quieren de mí?... Yo
               propio, indigno de mi estirpe, blanco de la ira del cielo
               y del menosprecio de los hombres... ¿Qué digo?...; ¡ni
               aun puedo volver los ojos sobre mí, sin sentirme
               cubierto de vergüenza!

Zulema   Sosiégate, Fernando...

Aben Humeya   Muy desgraciados son, haces bien en compadecerlos;
               muy desgraciados son los que pueden todavía, a gritos
               y a la faz del cielo, aclamar el nombre de su patria y
               maldecir a sus verdugos; los que adoran al Dios de sus
               padres; los que conservan sus leyes, sus usos, sus cos-
               tumbres... ¡Cuánto no deben envidiar nuestra dicha!...
               ¡Nosotros vivimos con sosiego bajo el látigo de nues-
               tros amos, adoramos su Dios, llevamos su librea,
               hablamos su lengua, enseñamos a nuestros hijos a mal-

decir la raza de sus padres!...; pero ¿por qué te has inmutado?

| Zulema | ¡Si te oyese alguien!... |

| Aben Humeya | Tienes razón; se me había olvidado: los viernes no nos permiten nuestros amos ni aun cerrar nuestras puertas... ¡Quieren acechar hasta los votos que dirigimos al cielo en este día, consagrado por nuestros padres...; han menester, para saciar su rabia, escuchar los ayes de las víctimas! |

| Zulema | Por Dios, Fernando, aguarda un instante; al punto vuelvo... |

(Va a cerrar la puerta, a tiempo que entra Fátima, turbada y sin aliento, y se arroja en los brazos de su madre; trae un velo en la mano.)

Escena II

Aben Humeya, Zulema, Fátima.

| Fátima | ¡Madre mía!... |

| Zulema | ¿Qué es eso? |

| Aben Humeya | ¡Elvira! |

| Zulema | Habla, hija, explícate... ¿Por qué vienes tan azorada?... |

| Fátima | Ya nada temo... me hallo en vuestros brazos. |

| Zulema | Pero ¿qué te ha sucedido? ¿No ibas con tus esclavas? |

17

Fátima	Sí, madre mía; con ellas salí esta tarde para ir a ver la fiesta de Cádiar...; mi querida Isabel venía también conmigo, y su hermana nos seguía de cerca... ¡íbamos tan contentas, tan alegres!... Casi estábamos ya a las puertas del pueblo, cuando me dio un vuelco el corazón al divisar soldados castellanos...
Aben Humeya	¡Siempre, siempre castellanos!
Fátima	Íbamos a pasar junto a ellos con los ojos clavados en el suelo, y ya nos estrechábamos las tres para salvar al mismo tiempo las puertas, cuando oímos de pronto un grito, y vimos a los soldados abalanzarse y arrancarnos los velos que nos cubrían el rostro.
Aben Humeya	¡Eso han hecho, hija mía!
Zulema	Escucha, Fernando, siquiera...
Fátima	Yo desprendí al punto mi velo, viéndoles desgarrar el de Isabel, que cayó medio muerta del susto...
Zulema	¿Y qué ha sido de ella?... ¿Cómo te salvaste tú sola?...
Fátima	Ni aun yo misma lo sé... ¡estaba tan turbada!... Por fortuna vi venir a mi abuelo, que acudió a nuestro socorro... Le he dejado en medio de los soldados; acababan de pregonar un nuevo bando; no se oían más que ayes y murmullo... Ni aun la cara me atreví a volver, creyendo ver a los soldados seguirme y alcanzarme... ¡Nunca más en mi vida me volveré a apartar de mi madre!

Zulema	Sí, prenda de mi alma..., pero ve y da un, beso a tu padre... ¡No estaré con sosiego hasta que te vea en sus brazos!
Fátima	(Al dar un beso a Aben Humeya.) ¡Estáis también temblando!
Aben Humeya	¡No, hija, no..., los hombres no tiemblan jamás!
Zulema	¡Así callas, Fernando, y recibes con tanta tibieza las caricias de tu Elvira!
Aben Humeya	(Besándola en la frente.) Al contrario... mira como la beso.
Fátima	Ya todo se me pasó; no hay para qué afligiros...; estoy viendo que se os saltan las lágrimas...
Zulema	¡Llora!... ¡Perdidos somos!

Escena III

Aben Humeya, Zulema, Fátima, Muley Carime.

Muley Carime	Hijos míos, llegó el día de prueba, y es necesario desbaratar, a fuerza de prudencia, las tramas de nuestros enemigos.
Zulema	¿Qué nueva calamidad nos amenaza?
Muley Carime	Ya sabréis lo que ha pasado con nuestra Elvira... El cielo mismo me condujo a Cádiar cuando acababan de publicar un nuevo edicto contra nuestra nación. Quieren borrar con el hierro hasta el rastro de nuestro

origen; nos prohíben el uso de nuestra habla materna, los cantares de nuestra niñez, hasta los velos que cubren el pudor de nuestras esposas e hijas... No queda ni asomo de duda: su intención es apurar nuestra paciencia, para tener ocasión de agravar más su yugo... ¡El cielo nos libre de caer en semejante lazo!

Zulema   ¡Dios de clemencia, escucha la voz de mi padre!

Muley Carime   Mi presencia en aquel punto, me atrevo a decirlo, no ha dejado de ser de provecho... Advertí que se reunían grupos de gente en los contornos de la plaza... Reinaba en ella un profundo silencio..., todos se apartaban con ceño airado al acercarse los castellanos..., ni una sola ventana estaba abierta. Temí entonces que algún grito imprudente, alguna muestra de descontento y odio provocase el furor de la soldadesca y atrajese al pueblo mil desastres... ¡Al punto me aboqué con nuestros amigos; les pedí por cuanto aman en el mundo que se volviesen a sus casas, y que sobrellevasen con resignación las nuevas plagas con que Dios nos anuncia su ira!...

Zulema   (A Aben Humeya.) Ni siquiera dices una palabra...

Aben Humeya   (Está sentado, como pensativo, y contesta con frialdad.) Estoy escuchando.

Muley Carime   ¡Cuánto me alegré de que no te hallases en medio del bullicio!... A cada instante temía encontrarte en aquel tropel, y sobre todo lo temí al ver a nuestra Elvira, que iba huyendo con otras muchachas de la tropelía de los soldados...

Fátima	(A Muley Carime.) ¡Qué gesto tan terrible tenían!...
Muley Carime	Yo me puse de por medio, para atajar sus pasos... «No iréis más allá, sin barrer antes el suelo con mis honradas canas...» Les dije estas palabras con acento tan firme, tan resuelto, que al punto se pararon... ¡No se atrevieron a hollar a un anciano, que acudía al socorro de unas inocentes!

Escena IV

Aben Humeya, Zulema, Fátima, Muley Carime, Aben Farax.

Aben Farax	¿Lo estáis viendo?... Nuestros recelos no llegaban ni con mucho a la realidad. Aun no conocíamos a fondo a nuestros tiranos; con nuestra baja sumisión hemos acrecentado su avilantez, y en el desvanecimiento de su triunfo, ¡hasta privarnos quieren del aire mismo que respiramos!
Zulema	Por compasión siquiera... ¡mira que tiene mujer, que tiene hijos!...
Aben Farax	También tengo yo mujer, también tengo hijos; pero antes que deshonrados, prefiero verlos muertos. Aun no era bastante tolerar tanto vilipendio y ultraje, ver nuestras personas y bienes pendientes de su antojo; se atreven a mirar con ojos licenciosos a nuestras esposas e hijas... ¿Hay algo en el mundo que respeten ellos?
Muley Carime	¿Y crees que el mejor medio de evitar tantos males es soltar la rienda a la ira?... Eso es lo que desean nuestros enemigos.

Aben Farax	¡Nos han hecho ya tan infelices, que nada tenemos que temer!
Muley Carime	Ayer... ¿qué digo?... hoy mismo, creíamos que nuestras desgracias habían llegado a su colmo... Buen cuidado han tenido ellos de desengañarnos.
Aben Farax	¿Y qué les queda ya por hacer?... Acaban de agotar hasta los recursos de su odio. Prepáranse a penetrar en nuestras casas; van a contar, en el seno mismo de nuestras esposas, el número de nuestros hijos, o por mejor decir, de sus esclavos; aun corren voces de que intentan arrebatárnoslos y llevarlos al corazón de Castilla...
Fátima	(Cogiendo la mano de su padre.) ¡Eso no!... ¿Quién en el mundo podrá arrancarme de vuestros brazos?...

Escena V

Aben Humeya, Zulema, Fátima, Muley Carime, Aben Farax, Aben Abó, El Partal y otros caudillos.

Aben Abó	(Al entrar.) Hijo de Aben Humeya, ¿sabes ya tu afrenta?
Aben Humeya	Acabo de saberla.
Aben Abó	¿Y todavía estás indeciso?
Aben Humeya	Aun no es tarde...
Aben Abó	¡Aun no es tarde!... Si hubiéramos levantado el brazo de venganza antes de recibir las postreras injurias; si no hubiésemos contenido, por una culpable flaqueza, el

alzamiento de cien tribus, prontas a sacudir el yugo de nuestros tiranos, ¿hubieran éstos llevado a tal extremo su opresión y sus demasías?... ¡No por cierto; antes bien hubieran disfrazado su miedo con capa de benignidad; no habrían sacrificado tantas víctimas, ni osado sepultar en un calabozo al descendiente de nuestros reyes!

Aben Humeya   ¿Qué dices?

Aben Abó   Pues ¿ignoras la desgracia de tu padre?

Aben Humeya   ¡De mi padre!

Aben Abó   Sí, Aben Humeya, sí; ya está cargado de cadenas, y no aguarda sino la muerte.

Aben Humeya   (En un arranque de cólera.) Se acabó. ¡Sangre, amigos, sangre!... Estoy de ella sediento.

Zulema   ¡Esposo mío!

Muley Carime   ¡Fernando!...

Aben Humeya   Dejadme... dejadme todos...

Zulema   Mira a tu hija, cómo se echa a los pies de su padre...

Aben Humeya   ¡De su padre!... También tengo yo el mío... también le tengo, y voy a vengarle.

Muley Carime   Pero deja que a lo menos sepamos de cierto...

Aben Abó   ¡Ah! demasiado cierto que es... El valiente Alí Gomel acaba de llegar de Granada, de donde destierran del modo más cruel un gran número de nuestras familias; las arrojan, so pena de muerte, de sus pobres hogares; las entregan a la miseria, las impelen a la desesperación y a los delitos, para tener pretextos de castigarlas... Tres días ha que ha salido de la ciudad el marqués de Mondéjar al frente de sus tropas; y va a penetrar en estas sierras, para asegurar el cumplimiento de esos decretos bárbaros... Le prescriben esta sola respuesta: «Los moriscos están a nuestros pies... o ya no existen.»

Aben Farax   ¿Qué aguardamos, pues, qué aguardamos para dar a nuestros hermanos la señal, que ha tantos años nos demandan?... (Clavando los ojos en Aben Humeya.) ¿Habremos menester, para que nuestro valor se reanime, que la sangre de nuestros padres haya teñido ya el cadalso?

Aben Humeya   ¡No, amigos, no; el día de la venganza nos está ya alumbrando!

Zulema   ¡Desdichada Leonor, todo se acabó para ti!

Muley Carime   ¡Hija!...

Zulema   ¡Ven, Elvira, ven... ya no le queda a tu madre más consuelo que tú!

Muley Carime   Apenas puedes mantenerte en pie... tranquilízate, mi querida Leonor... ¡El brazo de Dios nos servirá de escudo!

(Zulema se encamina a su aposento, descaecida de ánimo y de fuerzas, sosteniéndola su padre y su hija.)

Escena VI

Aben Humeya, Aben Abó, Aben Farax, El Partal, y los otros caudillos.

(Durante esta escena el teatro se va oscureciendo insensiblemente.)

Aben Humeya   ¡Quédense los lloros para viejos y mujeres; las injurias que se hacen a hombres esforzados no se lavan sino con sangre!

Partal   Al oír esas palabras, ya te reconocemos, Aben Humeya...

Los otros caudillos   Ya te reconocemos.

Aben Humeya   ¡Sí, amigos míos; no ha sido un vil temor el que me ha impedido por tan largo espacio desnudar el acero; he sufrido en silencio tantos ultrajes, he ahogado en el pecho mis quejas, por no dar esa satisfacción a nuestros tiranos; pero entre tanto el odio se arraigaba más y más en mi alma; ¡y nunca ha llegado la noche sin que haya ido a jurar sobre las tumbas de mis padres vengarme hasta la muerte!... Mas no bastaba saber que nuestros amigos y hermanos sufrían a duras penas el yugo y ansiaban sacudirle; ¡era más acertado aguardar, que no arriesgar imprudentemente la suerte de esta comarca, la existencia de tantas familias, la última esperanza de la patria!... Harto seguro estaba yo de que la opresión de nuestros tiranos agotaría nuestra paciencia; y les dejé a ellos mismos el dar la señal del levantamiento... pues ya la han dado, de cierto será oída.

Partal y los
otros caudillos   Sí, lo será.

(Manifiestan temor de que los sorprendan; uno de los caudillos se asoma a la puerta, y prosiguen luego el diálogo con más precaución y recato.)

Aben Abó   ¿Y qué duda pudiera quedarnos en virtud de los avisos que acabamos de recibir?... Todos nuestros pueblos están prontos. ¡Por toda la costa, en la serranía de Ronda, en la vega de Granada, hasta en el seno de la ciudad y en medio de nuestros enemigos, nuestros hermanos aprestan ya la armas y aguzan los puñales!

Aren Farax   ¡Creían nuestros opresores habérnoslos arrancado de la mano... los hallarán en su corazón!

Aben Humeya   ¡Logre yo ver ese día, y muero satisfecho!... Pero no perdamos en vanas amenazas momentos tan preciosos. Corramos ahora mismo a congregar a nuestros parciales; confiémosles nuestro designio; reunámonos al punto para poner término a nuestra servidumbre... Hasta el mismo cielo parece que nos brinda con la ocasión más favorable; cabalmente esta noche celebran nuestros tiranos el nacimiento de su Dios; y mientras estén ellos arrodillados en sus templos o entregados a la embriaguez en licenciosos festines, evitaremos su vista a favor de la oscuridad; buscaremos un asilo en las concavidades de estos montes; ¡y sacaremos del seno de la tierra las armas de nuestros padres, tantos años ha consagradas a la venganza!

Aben Farax   Donde debiéramos reunirnos es en lo hondo del precipicio, en la cueva del Alfaquí...

Partal   ¡Vamos a la cueva del Alfaquí!

Aben Abó	Justo es que ese anciano venerable, pontífice de nuestra Ley y predilecto del Profeta, sea quien reciba nuestros juramentos... ¡Sólo él no ha doblado la rodilla ante nuestros tiranos; más bien ha preferido renunciar a la luz del día!
Aben Humeya	Vamos, pues, ya que la noche nos ampara, a reunirnos en esa cueva, donde nunca ha penetrado la vista de nuestros enemigos... ¿No vienen ellos a marcarnos con el hierro de esclavos? Pues reconozcan en nosotros sus antiguos señores... Antes que el relámpago brille, los habrá herido el rayo.

(Vanse todos por la puerta del foro. Aben Humeya se detiene un instante, volviendo la vista hacia el aposento de su mujer, y después se va con los demás.)

Escena VII

El Alfaquí.

(Se muda la decoración. El teatro representa una vasta caverna, cuya bóveda está sostenida por informes peñascos, de los cuales penden grupos de estalactitas. Todo el ámbito del teatro, casi hasta el proscenio, está lleno de rocas apiñadas. En el segundo término, a mano izquierda, se ve una concavidad en la roca, la cual sirve de aposento al Alfaquí. Una lámpara de hierro alumbra escasamente esa especie de gruta, mientras lo restante del teatro aparece sombrío. El Alfaquí está sentado, con un libro delante.)

Alfaquí	«El poderío del infiel está cimentado en arena; y su denominación pasará más rápida que el torbellino en el desierto... Día vendrá en que los hijos de la tribu escogida sentirán entibiarse su celo, y la coyunda de la servidumbre pesará sobre su cerviz...; pero al verse en tan

amargo trance, ¡volverán los ojos al Oriente, y el rocío de consolación bajará del séptimo cielo!...» (Al cabo de unos instantes de meditación sale fuera de la gruta.) ¡Lo sé, gran Dios, lo sé! ¡Tus promesas no pueden fallar; tienen un apoyo más firme que los cimientos de la tierra!... ¡Pero yo, pobre viejo, cuya vida, va a apagarse al menor soplo, quizá antes que esa luz..., yo bajaré a la huesa sin haber presenciado tu triunfo!... Y, sin embargo, ésa era la única esperanza que me hacía sobrellevar la vida... ¡Ni un solo día ha transcurrido, durante tantos años, sin que haya esperado ver el rescate de tu pueblo; y cada día veo acrecentarse su envilecimiento y sus desdichas!... Quizá no habré yo comprendido bien tu revelación misteriosa; y no era suficiente renunciar al trato de los hombres, por no abandonar tu ley santa... Hubiera debido proclamarla en alta voz, en medio de los verdugos, y reanimar con mi ejemplo la fe de estos pueblos, próxima ya a extinguirse... Así es como el alfaquí de Vélez... me parece que le estoy viendo... y aun era yo muchacho... no hacía sino repetir el nombre de Alá, al subir con pie firme a lo alto de la hoguera; y aun volvía los ojos al templo edificado por el hijo de Abraham, cuando las llamas de los idólatras envolvían ya su cuerpo.

(Antes de concluirse esta escena se ve al pastorcillo que baja a la cueva.)

Escena VIII

El Alfaquí, el pastorcillo.

Pastorcillo   (Mostrando contento.) ¡Ya estoy aquí!

Alfaquí   Bien venido seas, hijo...

Pastorcillo	He tardado mucho... ¿no es verdad?...; pero no ha sido culpa mía... Hasta he tenido que correr porque no estuvieseis con cuidado.
Alfaquí	Ya se te conoce; vienes muy cansado...; vamos, ven aquí, cerca de mí... Yo no tengo más consuelo en el mundo que verte estos cortos momentos.
Pastorcillo	Ni yo sé cómo he podido venir... Fui hoy al pueblo con otros pastores... iban a celebrar la Nochebuena, y se empeñaron en que me quedase con ellos... ¡tenían unos instrumentos tan lindos!, pero yo me escapé sin que ellos me viesen, para traeros estas frutas...

(Saca del zurrón un panecillo y unas frutas secas, que coloca sobre una pena, a la entrada de la gruta.)

Alfaquí	¡A las claras estoy viendo que el Dios de Ismael no me ha abandonado, pues que te envía a socorrerme como un ángel consolador!
Pastorcillo	Mi padre fue quien me mandó que lo hiciese así, encargándomelo mucho a la hora de su muerte.
Alfaquí	¡Yo le debo la vida, hijo mío!... era el único amigo que ya me quedaba... Obedecía al precepto de Dios, y no temía la ira de sus enemigos.
Pastorcillo	Algunas veces le acompañaba yo cuando venía aquí... ¿Lo habéis olvidado?
Alfaquí	No por cierto... Y también es necesario que no olvides tú los consejos que te daba tu padre...

Pastorcillo	¡Olvidarlos yo!... Así que veo a un castellano, vuelvo al otro lado la cara... Hoy mismo he dado un gran rodeo por no pasar por la plaza... ¡había en ella tantos soldados!
Alfaquí	Han llegado sin duda desde la última vez que te vi...
Pastorcillo	De seguro... ¡y si supierais las voces que corren!... Dicen que vienen a impedirnos el cantar nuestros romances tan bonitos, y hasta el bañarnos... Yo lo siento por los demás; ¡pero por mí!... yo cantaré en la cresta de los montes y me bañaré en el río.
Alfaquí	¡Qué feliz eres, hijo, de no sentir aún el peso de nuestras desdichas!...

(Vense aparecer sucesivamente algunos MORISCOS que van bajando a la cueva.)

Pastorcillo	¿No es verdad que esos soldados me harían mucho mal, si supieran que vengo aquí?... Pero no importa; ¡yo no os he de abandonar en mi vida!
Alfaquí	No, hijo; no vuelvas más... Yo nada tengo ya que esperar del mundo; ¡y tú puedes disfrutar todavía de tiempos más felices!... Alza la cabeza... ¿por qué lloras?
Pastorcillo	Si lo estoy viendo... ya no me queréis como antes... ¡Dejaros yo morir! (Se echa en sus brazos.)
Alfaquí	No es eso, hijo mío; vendrás cuando quieras... pero deja a lo menos que se vayan esos castellanos... ¡Aun no los conoces tú bien!... ¿A dónde vas?

(El pastorcillo hace como que ha oído ruido, y da algunos pasos; pero al ver a los moriscos, vuélvese asustado y se esconde en lo hondo de la gruta.)

Pastorcillo   ¡Ah!...

Escena IX

El Alfaquí, el Xeniz, el Dalay, otros muchos moriscos.

(Así éstos como los que luego van llegando, vienen ya vestidos con el traje de moros, con alquiceles, albornoces, etc. Todos ellos traen sables y puñales, y algunas hachas o teas encendidas, que colocarán en las hendiduras de las rocas.)

Alfaquí   ¿Quién sois?... ¿Qué venís a buscar en el seno de la tierra?... ¡Es un sueño, Dios mío!

Dalay   No, venerable Alfaquí; son vuestros amigos, vuestros hijos, que se acogen a vuestro amparo, como se busca el de un padre en los días de tribulación.

Alfaquí   ¡Vuestro padre yo! Los esclavos no tienen sino amos.

Xeniz   A pesar de tantas desdichas, aun no hemos merecido ese nombre...

Alfaquí   ¿Y cuál es el que merecéis? ¿Habéis renegado el Dios de vuestros padres; dejáis esclava a vuestra patria, que ellos ganaron a costa de su sangre; compráis a fuerza de oprobio el derecho de servir a vuestros verdugos?... Escoged, escogedle vosotros mismos: ¿qué nombre debo daros?...

Dalay	Harto hemos merecido hasta ahora vuestras reconvenciones; y aun más amargas todavía nos las ha hecho nuestro corazón, mientras hemos sufrido tan dura esclavitud...; mas ya llegó a su fin.
Alfaquí	¿Qué dices?... ¿Será cierto?
Dalay	Sí, amado del Profeta; no osaríamos comparecer a vuestra vista, si hubiésemos de ir desde aquí a tomar otra vez nuestros grillos.
Algunos moriscos	¡Jamás!
Un número mayor	¡Jamás!

Escena X

Los dichos. Aben Abó, Aben Farax, el Partal y otros moriscos.

Aben Abó	Esos acentos, este traje, estas armas, os ponen de manifiesto nuestra firme resolución: acabamos de arrojar la indigna máscara que nos envilecía a nuestros propios ojos; y hemos vuelto a empuñar el acero de nuestros padres, teñido tantas veces con sangre de nuestros tiranos.
Aben Farax	Alzados están ya cien mil brazos, prontos a descargar el golpe a la primer señal...
Aben Abó	Y ésa va a darse al punto.
Partal	No aguardamos sino al hijo de Aben Humeya...
Alfaquí	¡El hijo de Aben Humeya!... ¡El postrer vástago de la palma real, el descendiente del Profeta!

| Partal | El mismo, su tío Aben Juhar, los principales de su tribu acaban de condescender con nuestros deseos... Todos ellos van a reunirse aquí, ansiosos de compartir nuestros riesgos y nuestra suerte... |

Escena XI

Los dichos. Aben Humeya, Aben Juhar y otros moriscos de su tribu.

| Varios moriscos | (A la entrada de la caverna.) ¡Ya está aquí! |

| Muchos más | ¡Ya está! |

| Alfaquí | ¡Ven en buen hora, descendiente de cien reyes, ven! |

(Muestras generales de entusiasmo.)

| Aben Humeya | ¡Venerable Alfaquí, amigos míos, hermanos: con sólo hallarme en medio de vosotros, me parece que ya respiro el aura de la libertad! ¡Cuánto se ha hecho desear este feliz momento! ¡Nunca han visto mis ojos a uno de nuestros tiranos, sin desearle la muerte; nunca he puesto el pie en el templo de los infieles, sin señalarlos en mi corazón como las primeras víctimas que allí debieran inmolarse! |

| Alfaquí | El mismo celo muestra que desplegaron sus mayores... ¡Con él renacerán! |

| Aben Humeya | Yo os veía a todos animados de los mismos sentimientos; sabía vuestros deseos; pero era menester aguardar el momento oportuno, y que el golpe precediese al amago... Tan feliz momento es llegado ya. |

El Dalay y otros	¡Sí!
Gran número de moriscos	¡Sí!
Aben Juhar	Puesto que me conocéis, amigos míos, mal pudiera tener reparo en alzar la voz en medio de vosotros, cabalmente en ocasión tan crítica, como que de ella va a pender nuestra suerte... No creáis que el peso de los años haya helado la sangre en mis venas, ni que me haga mirar con indiferencia la servidumbre y la ignominia..., tan al contrario es, que por eso mismo estoy más impaciente de que acaben cuanto antes nuestras desdichas, para disfrutar al menos un solo día feliz... Mas, ¿a qué fin despertar a nuestros opresores, y que se apresten a la defensa, antes de que hayamos concertado todos los medios para darles el golpe mortal?...
Aben Abó	(Interrumpiéndole.) ¿Tenemos las armas en la mano, y aguardaremos como viles siervos?...
Aben Farax	¿Habremos de ver por más tiempo profanados nuestros hogares?...
Dalay	¿Insultadas nuestras esposas?
Partal	¿Esclavos nuestros hijos?
Gran número de moriscos	¡No!
Todos	¡No!

Aben Humeya	¿Y qué medio más eficaz que nuestro mismo levantamiento, para apresurar la llegada de los socorros de África, y alzar a un millón de nuestros hermanos en todo el ámbito del reino?... Cuando vean a nuestra raza empeñada en una guerra a muerte, ¿permanecerán indecisos en un solo instante, o se negarán a tendernos una mano amiga?... Nosotros somos (¿el corazón leal no nos lo está anunciando?...), nosotros somos los que destina el cielo para dar a nuestros hermanos la señal y el ejemplo... Al abrigo de esta región fragosa, resguardada la espalda con el mar, y dando casi la mano a nuestros hermanos de África, nosotros sí que podemos provocar impunemente a nuestros contrarios, y empeñarlos en una larga lucha, sin que puedan prometerse buen éxito, ni provecho, ni gloria... Cuando tienen por todas partes émulos y enemigos, ¿podrán ver sin temor ni recelo cundir el incendio a sus propios hogares?... ¡No, no; temblarán a su vez por sus esposas, por sus hijos, así como nosotros hemos temblado por los nuestros; recelarán de espanto, al ver que ante sus pies vuelve a abrirse el abismo que ha tragado sus generaciones por el transcurso de ocho siglos!
Alfaquí	El cielo acaba de hablar por tu boca, descendiente de los Abderramanes... ¡Sin duda te ha escogido para ser el ministro de su venganza y el libertador de tu patria! Oíd, hijos míos, oíd: quizá sea ésta la postrera vez que escuchéis mis acentos; mi hora final está ya muy cercana; y no entreveo lo porvenir sino al pisar los límites de la eternidad.
Partal	¡Silencio, compañeros, silencio!

Alfaquí	No basta que rompáis vuestras cadenas; es preciso que levantéis otra vez el trono de Alhamar... Y, no lo habréis olvidado sin duda, el que destina el cielo para cimentarle de nuevo es un caudillo de sangre real y de la misma estirpe del Profeta...
Partal	¡No puede ser otro sino Aben Humeya!
Muchos moriscos	¡Él es!... ¡Él es!...
Aben Abó	¡Aun no hemos desenvainado el acero, y ya buscamos a quien someternos!
Aben Farax	No faltarán valientes que nos guíen a la pelea; ¿hemos menester más?
Aben Abó	Cuando hayamos borrado, a fuerza de honrosos combates, las señales de nuestros hierros; cuando seamos dueños de algunos palmos de tierra en que zanjar a lo menos nuestros sepulcros; cuando podamos siquiera decir que tenemos patria, los que logren sobrevivir a tan larga contienda, podrán a su salvo elegir rey..., y aun entonces no debiera ser la corona ciego don del acaso, sino premio del triunfo.
Aben Humeya	Por mi parte, Aben Abó, ni aun aspiro a ese premio; y puedo de buen grado cederle a otros... Los Aben Humeyas tienen su puesto seguro; siempre son los primeros en las batallas.
Aben Abó	Y nunca los Zegríes han sido los segundos.
Alfaquí	Templad, hijos, templad ese ardor belicoso que centellea en vuestros ojos e inflama vuestras palabras...

¡Reservadle contra nuestros contrarios! Cuando tenemos en nuestra mano la libertad o la esclavitud de nuestros hijos, la suerte de la patria, la exaltación o el vilipendio de la religión de nuestros padres, ¿pudiéramos, sin cometer el mayor crimen, escuchar la voz de las pasiones?... ¡Ah! no se trata por cierto de dar en el palacio de la Alhambra la corona de oro y pedrería que el indigno Boabdil no supo conservar sobre sus sienes; en medio de estos precipicios, amenazados por nuestros contrarios, casi en el borde del sepulcro, sólo una espada podemos dar al que elijamos hoy por nuestro supremo caudillo; no se verá a mayor altura que los demás, sino para estar más próximo al rayo.

Partal   Hablad, intérprete del Profeta; prontos estamos a obedeceros.

Algunos caudillos   ¡Todos lo estamos, todos!

Alfaquí   El cielo ha hablado ya por sus pronósticos y portentos; pero aun va a manifestaros su voluntad con un signo glorioso.

(Encamínase, arrebatado de entusiasmo, hacia lo hondo de la gruta. La turba de moriscos, que le habrá dejado libre paso, manifiesta sorpresa y admiración en tanto que aguarda su vuelta.)

Dalay   ¿A dónde va el venerable Alfaquí?...

Xeniz   El fuego de la inspiración relumbraba en su frente...

Partal   ¡Aguardemos, compañeros, aguardemos con silencio religioso a que nos dicte las órdenes del cielo!

Alfaquí	(Despliega a la salida de la gruta un estandarte viejo de seda carmesí, galoneado de oro y sembrado el campo de medias lunas de plata.) ¡Mirad, nietos de Muza y de Tarif; mirad!...
Aben Juhar	¡Es el estandarte del reino!
Dalay	¡La enseña de Alhamar!
Xeniz	¡Segura es la victoria!
Muchos moriscos	¡Ya nos salvamos!
Alfaquí	El cielo nos le ha conservado a fuerza de prodigios, cual prenda de su protección... ¡y en él está cifrada la suerte del imperio!
Partal	Extended cuanto antes, extended en medio de nosotros el estandarte real de nuestros padres... A su sombra sagrada vamos a proclamar nuestro monarca... ¡Viva el ilustre nieto de los reyes de Córdoba y Granada!
Todos los moriscos	(Excepto Aben Abó, Aben Farax y los de su bando, que formarán un grupo a un lado del teatro.) ¡Viva Aben Humeya!
Aben Humeya	Por favor, amigos, por favor siquiera, oídme unos instantes... Yo no tengo más que una diestra, un corazón de que disponer, y ha largo tiempo que son de mi patria; ¿qué más pudiera ofrecerle?... Pero si sólo se necesitan diestra y corazón para pelear, para reinar no bastan...

Xeniz	(Interrumpiéndole.) Ante los ojos tiene el ejemplar de sus mayores...
Dalay	Será cual ellos nuestro libertador...
Partal	Hasta su nombre será un símbolo de unión para estos pueblos, un presagio del triunfo...

(Aben Humeya se muestra confuso, y parece que intenta, con su gesto y ademán, calmar el entusiasmo, de la muchedumbre.)

Alfaquí	Basta ya, amado del Profeta; basta de indecisión... Cuando el cielo dicta sus órdenes, al hombre no le toca sino cerrar los ojos y obedecer.
Aben Humeya	(Arrodillándose ante el Alfaquí.) Lleno de confianza me someto a su voluntad suprema... y aguardo saber de vuestro labio sus sagrados decretos.
Alfaquí	(Con tono pausado y grave.) El Dios de Ismael no te ha reservado en estos días de prueba un trono de delicias..., antes bien va a depositar en tus manos la suerte de un pueblo desventurado, cautivo, reducido a forcejear entre los brazos de la muerte... Sírvele de apoyo en la tierra... El Eterno vela en su guarda... y también es juez de los reyes.
Aben Humeya	Yo juro, ¡oh sagrado Pontífice!, a la faz del cielo y de la tierra, regir estos pueblos en paz y justicia, y derramar mi sangre en su defensa... ¡Ojalá que suban mis palabras al trono del Altísimo, y que el Dios de Ismael las acoja propicio!
Alfaquí	Escritas están ya, por su diestra omnipotente, en el libro de tu destino... Al fin de los siglos, cuando haya desapa-

recido el mundo, las hallarás ante tus ojos. (Levántase Aben Humeya; y después de un instante de pausa, prosigue el Alfaquí en estos términos:) A confiarte voy, en el nombre del Todopoderoso, este sacro estandarte, que ha servido para la coronación de veinte reyes, desde Alhamar hasta Muley Hazen... Nunca se ha visto humillado ante la cruz del infiel; y todavía ha de ondear en la gran mezquita de Granada. (Aben Humeya empuña el estandarte.) Hijos míos, ved aquí vuestro rey... Que el jefe más antiguo de estas tribus le reconozca por tal, a nombre de todos.

Aben Juhar   Por nuestro rey te reconocemos, ilustre nieto de los Abderramanes...

(Inclínase contra el suelo, y besa la tierra en el mismo paraje en que tenía Aben Humeya su pie derecho.)

Casi todos
los moriscos   ¡Viva Aben Humeya!

Alfaquí   Musulmanes, el curso de la luna señalaba hoy el día santo, consagrado por la ley a las abluciones y a la oración, y aun no habéis satisfecho deuda tan sagrada... Pero hallándoos ahora lejos de la vista de nuestros opresores, vuestros acentos se elevarán más puros al cielo en el silencio augusto de la noche, y los primeros instantes de vuestra libertad serán ofrecidos en holocausto a su divino Autor.

(Vuélvense todos hacia el Oriente; y así que empieza la música entonan el siguiente:)

Canto musulmán

Alfaquí	¡Al Eterno ensalzad, musulmanes!
Todo el coro	¡No hay más Dios sino el Dios de Ismael!
Primera parte del coro	«Dios me envía», clamaba el Profeta; «y su labio ha dictado esta Ley.»
Segunda parte del coro	A su acento los ídolos caen, sumergidos en sangre se ven.
Primera parte del coro	El Profeta gritó a las naciones: «¡Dios lo manda; morid o creed!»
Segunda parte del coro	Y su diestra extermina al rebelde, y la tierra se postra a sus pies.
Alfaquí	¡Al Eterno ensalzad, musulmanes!
Todo el coro	¡No hay más Dios sino el Dios de Ismael!
Primera parte del coro	¡Dios es grande, y abarca el espacio; Dios es fuerte, su rayo temed!
Segunda parte del coro	¡Dios es Dios!...

(Suena a lo lejos el toque de una campana; cesa de pronto el canto, y los moriscos se muestran pasmados y suspensos.)

Alfaquí	¿No escucháis?... ¿No escucháis?... ¡Hijos de Ismael, los infieles os llaman para ir a idolatrar en su templo!
Aben Humeya	No; ¡es la hora de la venganza y la voz de la muerte!
Todos los moriscos	¡La muerte!
Algunas voces	(Desde lo hondo de la cueva.) ¡La muerte!...

(Sacan todos el sable; algunos vuelven a tomar las hachas y teas encendidas.)

Aben Humeya	Corramos, amigos, corramos sin tardanza...; penetremos en la villa por mil puntos a un tiempo; entremos a hierro y fuego sus templos y moradas... ¡En el seno de sus esposas, al pie de sus altares, en el asilo de nuestras casas, por todas partes hallan la segur de la muerte!
Todos los moriscos	¡La muerte!
Aben Humeya	¡Ni perdón ni piedad; tenemos que vengar en breves instantes medio siglo de esclavitud! (Abalánzase en medio de la turba con el estandarte desplegado.) ¡A las armas, musulmanes!
Todos los moriscos	¡A las armas!

(Salen de tropel, blandiendo los aceros y sacudiendo las antorchas; el Alfaquí los acompaña hasta el pie de la subida, exhortándolos con la voz y el gesto.)

Alfaquí	¡Hijos de Ismael, herid y matad! ¡El Dios de Mahoma os está mirando, y el ángel exterminador va delante!

Todos   ¡A las armas!

Fin del acto primero

ACTO II

El teatro representa la plaza de la villa de Cádiar. En el fondo se ve una antigua mezquita, que sirve de templo a los cristianos, y a la cual se sube por unas gradas. A cada lado de la iglesia habrá una calle, larga y angosta, ambas en cuesta. También habrá otras que desembocan en la plaza.

Escena I

Pastores y zagalas, gente del pueblo, soldados castellanos.

(Al alzarse el telón, se ve una fogata en medio de la plaza. Aparecen grupos de gente del pueblo y el coro de pastores y zagalas cantando y bailando; algunos soldados castellanos están mirando el baile.)

Villancico

Coro	Zagalas, pastores, venid a adorar al Rey de los cielos, que ha nacido ya.
Zagala primera	La noche va apenas su curso a mediar, y al sol no le envidia su luz celestial.
Zagala segunda	Diciembre ha dejado su fuego y hogar, y a mayo le roba la gala y beldad.
Coro	Zagalas, pastores, venid a adorar

al Rey de los cielos,
que ha nacido ya.

Zagala primera   En nieve y escarcha
se ven ya brotar
claveles y rosas,
laurel y arrayán.

Zagala segunda   Con ramas y flores
la cuna adornad,
en tanto que un ángel
meciéndola está.

Coro   Zagalas, pastores,
venid a adorar
al Rey de los cielos,
que ha nacido ya.

Zagala primera   Monarcas de Oriente
van pronto a llegar,
y ricas ofrendas
al Niño traerán.

Zagala segunda   Del campo los dones
le placen aún más;
que en vez de palacio,
nació en un portal.

Coro   Zagalas, pastores.
venid a adorar
al Rey de los cielos,
que ha nacido ya.

(Mientras están cantando y bailando por última vez óyese el toque de la campana.)

Un soldado   ¡Silencio!... ¿No estáis oyendo?...

Pastores y Zagalas ¡Vamos, vamos!...

Otros   Después bailaremos.

(Entran todos en la iglesia, cuya puerta se cierra luego; óyense al instante los ecos del órgano, y poco después los acentos de un canto pausado y suave. Cuando se haya concluido la primera estrofa, y en tanto que sólo se oye la música, se ve asomar por una de las calles del fondo a Aben Farax, acompañado de dos o tres moriscos, y por la otra al Partal y al Dalay, con otros cuantos. Vienen todos embozados en sus alquiceles y albornoces, y se acercan con el mayor recato. Así que lleguen a las esquinas de la iglesia y que ven despejada la plaza, sacuden en el aire los alquiceles blancos para llamar a otros moriscos, que vienen por diferentes puntos. Aben Farax y el Partal se juntan hacia el centro de la plaza, en medio de un grupo de moriscos; otros se reúnen en varios grupos y hacen ademán de estarse concertando para la empresa. Reina el mayor silencio; y sólo le interrumpe el eco lejano del canto.)

Himno

Estrofa I   Cantemos al Señor, que la esperanza
                     del pueblo de Israel colmó clemente;
                     por siempre sella el pacto de alianza,
                     y hasta el débil mortal bajar consiente.

Coro   ¡Enjuga, Sión, el llanto;
                     no más signos de dolor!
                     ¡Otra vez resuene el canto,
                     que ha nacido el Salvador!

Estrofa II	La cándida paloma ya aparece;
	y el símbolo de paz muestra a la tierra:
	receja el mar, el iris resplandece,
	brama el infierno, y sus abismos cierra.

Coro	¡Enjuga, Sión, el llanto;
	no más signos de dolor!
	¡Otra vez resuene el canto,
	que ha nacido el Salvador!

Estrofa III	No es ya el Dios de venganza, cuya diestra
	ciudades en pavesas convertía;
	hoy cual astro benéfico se muestra,
	y cielo y tierra inunda en alegría.

Coro	¡Enjuga, Sión, el llanto;
	no más signos de dolor!
	¡Otra vez resuene el canto,
	que ha nacido el Salvador!

Escena II

Aben Farax, el Partal, el Dalay, el Xeniz y otros moriscos.

| Aben Farax | Ya están en la iglesia... |

| Partal | Con eso tendrán menos que andar... bajo los pies tienen el sepulcro. |

| Aben Farax | ¿Se hallan prontos todos los nuestros?... |

| Partal | Así que demos el grito de exterminio, le repetirán por todo el pueblo, y llegará hasta el pie del castillo. |

Xeniz	Mucha lástima tengo a los que allí se encuentran... ¡Ese Aben Humeya tiene el brazo tan pesado!...
Aben Farax	(Pasando de un grupo a otro.) ¿Dónde está el Dalay?...
Dalay	Aquí.
Aben Farax	¿Están ya marcadas todas las casas de los castellanos?...
Dalay	Y hasta las nuestras en que hay alguno de ellos.
Aben Farax	Es preciso echar abajo las puertas, que no se abran de par en par ante vosotros... ¡No hallen en parte alguna ni refugio ni asilo!...
Partal	Cuidado, amigos, que no confundáis a los castellanos con otros...; los distinguiréis por el traje...
Dalay	No es menester sino cerrar los ojos y dejar obrar los puñales.
Aben Farax	Ve a ponerte delante de una de esas puertas, mientras el Partal va a posesionarse de la otra... Que hallen cerradas todas las salidas, y que si intentan abrirse paso, caigan muertos a vuestros pies.
Dalay	Descuida...
Partal	Seguidme...

(Se van seguidos de muchos moriscos, y cada cual se coloca con los suyos hada el promedio de una de las calles del fondo, como para aguardar a los que intenten salir de la iglesia por las puertas de costado.)

| Aben Farax | (A Xeniz y a los que se han quedado con él.) A nos-otros nos cabe mejor suerte... ¡Vamos a ser los pri-meros que vertamos su sangre! |

(Aprestan sus armas.)

| Xeniz y otros moriscos | ¡Vamos al punto, vamos! (Encamínanse con el mayor silencio hacia la puerta principal de la iglesia, ínterin que el canto continúa, cada vez más suave y apacible. Cuando se hallen reunidos ante la puerta y en las gradas, Aben Farax se vuelve a ellos y les señala el cielo con su sable. Todos ellos gritan al punto:) ¡Mueran los castellanos! |

(En todas las calles resuena el mismo grito.)

Escena III

Aben Farax y los suyos entran con ímpetu en la iglesia; óyese el estruendo; la gente quiere salir de tropel, y las dos hojas de la puerta se cierran de golpe. Al tiempo mismo se oyen estos varios acentos:

| Hombres y mujeres | ¡Piedad..., por Dios..., piedad! |

| Moriscos | ¡Mueran los castellanos! |

| Soldados | ¡Asesinos! |

(Resuena en la iglesia el ruido de las armas; los soldados castellanos quieren abrirse paso con la espada; los moriscos intentan impedírselo, pero son arrollados, y los castellanos bajan por las calles del fondo, cruzan con presteza la plaza y se van por una de las calles laterales, perseguidos por los moriscos y defendiéndose al arma blanca.)

Soldados	¡Al castillo!... ¡Salvémonos!
Moriscos	¡Mueran los castellanos!... ¡Mueran!...
Todos	¡Al castillo!

(Al punto que los moriscos hayan dejado libres las puertas de la iglesia, sale de tropel la gente del pueblo, pastores, mujeres, niños... Huyen por todas partes en la mayor confusión, y se van por las diversas calles. Así, esta dispersión como la anterior refriega deben verificarse en lo hondo de la plaza, de suerte que los actores no se presenten en el primer término del cuadro.)

Escena IV

Un grupo de moriscos, la viuda de un castellano, un morisco.

Baja la viuda, corriendo por una de las calles del fondo, con un niño en los brazos; un morisco la persigue de cerca con sable en mano.

Viuda	¡Mi hijo!... ¡mi hijo!...
Morisco	En el infierno volverás a verle.
Viuda	¡Por Dios!...

(Al momento mismo de pasar por delante de una de las calles laterales, sale por ella Muley Carime, y se interpone entre la viuda y el morisco, que estaba ya a punto de alcanzarla.)

Escena V

Los mismos. Muley Carime.

Muley Carime	¿Qué haces?
Morisco	(Queriendo descargar el golpe.) Es hijo de un castellano...
Muley Carime	¡Detente! Yo te creía un hombre esforzado..., no un asesino.

(La viuda, rendida de cansancio y de angustia, está a los pies de Muley Carime y abraza sus rodillas, así como el niño.)

Morisco	Es que...
Muley Carime	Ya lo sé; con la oscuridad de la noche te has engañado..., yo te disculpo... ¡Creías perseguir a un enemigo... y es una mujer!

(El morisco se queda confuso; apártase poco a poco y va a juntarse con los demás.)

Un morisco	(En el grupo.) ¡Otra vez el viejo... por todas partes se le encuentra!
Muley Carime	(A la mujer.) Levántate, infeliz...; nada tienes ya que temer... ¿Por qué me besas la mano? Yo no he hecho sino lo que debía.
Morisco I	¿Lo estáis oyendo?... Ni aun trata de disimular...; siempre ha querido bien a los cristianos.
Morisco II	¡Quién sabe!... Tal vez lo será en el fondo de su corazón.
La viuda	(Al tiempo de levantarse.) Así, hijo mío...; bésale los pies...; acaba de salvarte la vida.

(El niño lo ejecuta.)

Muley Carime   ¿No tienes más hijos que éste?

Viuda   Es el único... y he estado a punto de perderle... ¡Ya le he visto traspasado en mis brazos!... (Abraza al niño con la mayor ternura.)

Muley Carime   No llores, buena mujer, no llores... ¿y no ves que afliges a ese niño?... Escucha: (En tono más bajo.) corres peligro si te vuelven a hallar aquí... En este momento están ciegos, y son capaces de todo... Ven conmigo; yo te acompañaré hasta las puertas del pueblo, y te indicaré un paraje en que puedas guarecerte.

Viuda   ¡Dios os bendiga!... Habéis salvado a este infeliz huérfano...

Muley Carime   Ya me conoce el angelito... ¿Lo ves?... Me toma la mano... Venid, venid conmigo.

(Vanse por la calle opuesta a la que conduce al castillo.)

Escena VI

Los moriscos.

(Quédanse por un momento callados y como absortos.)

Morisco I   Ha salvado la vida a ese muchacho... para alegar luego ese mérito.

Morisco II   Lástima es que haya tomado nuestro vestido...; mejor le asentaba el traje castellano.

Morisco I	Se lo ha quitado esta noche, por no morir con sus amigos...; pero le habrá guardado para mejor ocasión.
Morisco II	¿Y quién tiene la culpa?... Nosotros. ¿Por qué le hemos dejado escapar?...

Escena VII

Los dichos. Aben Abó, Aben Farax.

(Aben Abó y Aben Farax desembocan por la calle que conduce al castillo, a tiempo de oír las últimas palabras.)

Aben Farax	¿A quién?
Morisco I	Al hijo de un castellano...
Morisco II	Que ha salvado Muley Carime.
Aben Farax	¡Muley Carime!
Morisco I	¿Y por qué lo extrañas?... Nada más natural... Ha sido toda su vida el más vil esclavo de los cristianos.
Aben Farax	No habléis de él en esos términos..., debéis tratarle con más respeto... ¿No es suegro de vuestro rey?...
Morisco II	¡De nuestro rey!
Morisco I	Si se vuelve como Carime poco le durará el serlo.
Aben Abó	Eso es... echar fieros a sus espaldas, y después temblar en su presencia.

54

Algunos moriscos	¡Nosotros!
Aben Abó	¿Pues no acabáis de decirlo?... Con una palabra de Muley Carime se os ha caído el puñal de las manos.
Morisco I	¡Si no se hubiera tratado de un niño!
Aben Farax	Tienes razón, amigo... su padre tal vez degolló al tuyo.
Morisco I	Su hijo le vengará.

(Vase al punto, haciendo seña a los demás para que le sigan; y desaparecen por la misma calle por la que fue Muley Carime.)

Escena VIII

Aben Abó, Aben Farax.

Aben Abó	¡Miserables! Su furor se enciende y se apaga como lumbrarada de sarmientos.
Aben Farax	¿Y quién nos quita aprovecharnos, a la primera ocasión favorable, de ese carácter impetuoso?... ¡Quién sabe!... Quizá este último lance pudiera sernos útil. Ya empiezan a murmurar de Muley Carime; no será difícil trocar la desconfianza en odio.
Aben Abó	Mucho piensan en ese viejo... Bien se echa de ver que te negó la mano de su hija, y que la entregó ante tus mismos ojos al rival que más aborrecías...
Aben Farax	Hace ya muchos años que he echado en olvido mi amor; pero no he olvidado mi afrenta.

Aben Abó	¿Y no ves más que a Muley Carime, cuando intentas vengarla?...
Aben Farax	Es que de un solo golpe espero herir dos víctimas.
Aben Abó	(Dándole la mano.) ¡Si hubieras visto al otro insolente, como acabo de verle yo!... He tenido que huir de su presencia; porque ya no podía contenerme. Todas sus proezas se reducían a haber degollado unos cuantos soldados, viejos, enfermos...; otros que se hallaban sepultados en el sueño o en la embriaguez... Pues bien, ¿lo creerás? Aben Humeya se mostraba envanecido, como si acabase de alcanzar una victoria... Ya se enseñoreaba del castillo; ya afectaba la majestad real... «¿Quién es ese guerrero, se dignó preguntar, que ha subido por la escala antes que nadie?...» Como que mostraba deseos de recompensarle; mas al punto que oyó mi nombre, frunció el entrecejo, y no acertó a pronunciar ni una sola palabra.
Aben Farax	No disimula su odio contra el nombre Zegrí; le mamó al nacer; corre por sus venas...
Aben Abó	¡Y yo también transmitiré mi odio con mi sangre, a mis hijos y a los nietos de mis hijos, hasta la última generación! A duras penas he podido ahogarle unos momentos, para reunir contra el enemigo común las dos tribus rivales; mas cuando he visto a ese ambicioso ser el postrero que se haya empeñado en el levantamiento, para usurpar en el mismo instante la suprema potestad; cuando le veo aprestarse a insultarnos con su desaire, aun más amargo que su enojo... No, Farax, no; no hemos nacido nosotros para ser sus esclavos.

Aben Farax	¡Sus esclavos!... No te apures, Aben Abó; acaba de subir sobre un precipicio, y el pie va a deslizársele. Yo conozco a nuestros guerreros aun mejor que tú propio; en un arrebato de entusiasmo, le han proclamado rey...; creían de buena fe que sólo nombraban un caudillo, no que se sometían a un dueño... Pero si nuestras armas padecen el menor descalabro, si recae sobre él la más leve sospecha... Bajo su mismo techo vive ese viejo, padre de su mujer, confidente de Mondéjar, y dócil instrumento de sus órdenes... Ha tenido la osadía de proteger en medio del tumulto la vida de algunos cristianos; procurará aún con sus consejos tímidos entorpecer nuestros esfuerzos... ¿Qué más habemos menester para deshacernos de entrambos?...
Aben Abó	¡Calla!... ¿No es él... aquel que viene allí con dos castellanos?
Aben Farax	Sí...; no hay duda; es Muley Carime...
Aben Abó	Ven, ven aquí...
Aben Farax	(Poniendo sobre su corazón la mano de Aben Abó.) ¿Ves qué aprisa late?... Pronto nos veremos vengados.

(Ocúltanse en el portal de una casa, sita cerca de la calle por donde desembocan los otros, y cuya puerta habrá sido derribada aquella noche. Después sacan la cabeza de cuando en cuando, como acechando a Muley Carime y a Lara, y procurando enterarse de su conversación. Antes de concluirse la escena anterior, empieza a clarear el día, en términos de que puedan distinguirse los objetos.)

Escena IX

Lara, Muley Carime, un escudero.

(Este último traerá en la mano derecha una pica con una bandereta blanca,
y en la izquierda un escudo muy rico.)

Muley Carime   En este sitio debéis aguardar, noble Lara... Ya he dado
aviso de vuestra llegada, y dudo mucho que os con-
sientan entrar en el castillo.

Lara   Más bien debo agradecérselo que darme por ofen-
dido... ¡Así me ahorrarán el ver a mis hermanos asesi-
nados!... ¿Pero puedo hablaros ingenuamente, como un
caballero honrado a su antiguo amigo?... Yo sabía las
noticias que había recibido Mondéjar, anunciando inmi-
nente el peligro; ahora mismo, estoy viendo con mis
ojos estas ruinas, estos desastres... y, sin embargo,
todo cuanto percibo no me parece aún sino un sueño
pesado... ¡Trabajo me cuesta darle crédito!

Muley Carime   Y no obstante es la realidad.

Lara   Vos mismo, que habéis sido hasta ahora el padre de estos
pueblos, y su intercesor para con Mondéjar, ¿cómo habéis
podido también burlar su confianza, y dejaros arrastrar de
una locura que tiene que costar tantas lágrimas?...

Muley Carime   No es tiempo de inculpaciones ni de excusas... ¿De qué
servirían ya?... Por mi parte, no he perdonado medio
(Dios lo sabe) para librar a estos pueblos de tan graves
desdichas...; cuando recaigan sobre mí, las arrostraré
con buen ánimo.

Lara	No basta morir con denuedo para cumplir con los deberes que nos impone la patria, cuando se la ve al borde del abismo...
Muley Carime	Debe uno compartir su suerte...
Lara	Antes bien salvarla.
Muley Carime	¡Salvarla!... Se conoce, noble Lara, que estáis acostumbrado al tumulto de las armas y al horror de una lid campal; mas no tenéis idea de un espectáculo aun más espantoso y terrible... ¡el levantamiento de un pueblo!
Lara	No ignoro cuán difícil sea lograr que se oiga la voz de la razón, cuando arden todos los pechos en sed de venganza; pero tampoco ignoro la condición del pueblo, tan feroz en el primer ímpetu, como inconstante en sus empresas y cobarde en la adversidad. Fácil cosa es pelear con bizarría, cuando no se aventura sino la propia vida cara a cara del enemigo; pero cuando se ve uno rodeado de poblaciones enteras, sin abrigo ni amparo, extenuadas de cansancio y de hambre; cuando no se ven por todas partes sino mujeres y niños demandando socorro a gritos, y amenazados de quedar esclavos... ¡Consultad vuestro corazón; una hija tenéis!...
Muley Carime	Sí...
Lara	(Interrumpiéndole). ¿Y estáis seguro de tenerla mañana?
Muley Carime	(Después de una breve pausa.) No sois padre, Lara; de cierto no lo sois... ¡No me hubierais hecho entonces esa cruel pregunta!

Lara	No ha sido mi ánimo lastimaros con mis expresiones; antes bien han sido dictadas por la amistad más sincera, por el más vivo interés... ¡Ni cómo pudiera yo disfrazaros la verdad en tan terrible trance! Un día, una hora, un instante quizá va a decidir de la suerte de estos pueblos; si no rinden las armas al punto que se les intime, su ruina es cierta, inevitable; ¡salvadlos de su destrucción!... Mondéjar contaba con vuestra prudencia, con el influjo de vuestra familia, hasta con ese mismo don Fernando de Válor, que acaba de ponerse al frente de los sublevados...
Muley Carime	Se ha visto, sin saber cómo, seducido por amigos pérfidos, arrastrado por la muchedumbre...
Lara	Mas, ¿son ellos por ventura los que podrán salvarle?...
Muley Carime	(Con tono abatido.) Sólo Dios...
Lara	Y vos también.
Muley Carime	¡Yo!
Lara	Vos mismo.
Muley Carime	No acierto a comprenderos... (Óyese ruido a lo lejos.)
Lara	Y no es ésta ocasión ni lugar de explicarme más claro...; pero no pierdo la esperanza de hablaros otros cortos momentos antes de partir... ¡Tal vez tendremos la dicha de impedir muchos males!...

(Llegan por todas partes los moriscos; Aben Abó y Aben Farax salen del portal, sin ser vistos de Lara ni de Muley Carime. Óyese, hacia el lado del castillo, el son de atabalejos y de otros instrumentos morunos; y poco después se presenta Aben Humeya, acompañado de varios caudillos y seguido de la muchedumbre. Todos los moriscos salen armados con arcabuces, ballestas, hondas, etc. Algunos sacan también en la mano estandartes rojos. Colócanse por el recinto de la plaza, en las gradas de la iglesia, en las calles del fondo, de suerte que el conjunto forme un vistoso cuadro.)

Escena X

Lara, Muley Carime, Aben Humeya, Aben Abó, Aben Farax, Aben Juhar, El Partal, El Dalay, El Xeniz, el escudero castellano y muchos moriscos.

Aben Humeya   Decid, noble Lara, a qué sois enviado... Dispuestos nos veis a escucharos.

Lara   El ilustre marqués de Mondéjar, capitán general del reino de Granada, me envía a vos, don Fernando...

Todos los moriscos   (Interrumpiéndole de pronto.) ¡Aben Humeya!

Aben Humeya   (Impone silencio a los suyos con el ademán, y después se vuelve a Lara, que habrá manifestado alguna sorpresa.) Podéis continuar libremente; nadie volverá a interrumpiros.

Lara   El ilustre marqués de Mondéjar me envía cerca de vos y de estos pueblos... y antes de servir de intérprete a tan digno caudillo, omito, como inútil, recordaros cuán acreedor es a vuestra veneración, a vuestra confianza y, aun puedo decirlo sin recelo, a vuestra gratitud... Tan grandes y tan recientes son sus beneficios, que no habréis podido olvidarlos. De muchos años a esta parte, os ha gobernado con celo y con justicia... Ni se ha contentado con eso; sino que honrándose, entre tantos títulos de gloria, con el de vuestro protector natural, no vaciló un instante en ir a echarse a los pies del trono... No parecía un jefe solícito, intercediendo en favor de un pueblo, sino más bien un padre ofreciendo su vida por sus hijos... ¿Y cómo habéis correspondido vosotros a tan hidalgo proceder?... No necesito sonrojaros; tended la vista en rededor... o más bien, mirad vuestras manos; ¡teñidas están de sangre inocente! Y a pesar de todo, a la vista de tanta atrocidad, cuando se oyen aún los ayes de las víctimas, y cuando el brazo de la justicia está ya alzado sobre vuestras cabezas, tomo yo sobre mí dirigiros todavía pláticas de paz... Conozco bien a Mondéjar; le agrada más el perdón que el castigo. ¡Pero cuidado no os equivoquéis al calcular el motivo o las resultas de este paso!... Sólo una sumisión pronta, un sincero arrepentimiento, un recurso a la clemencia del monarca, sirviendo de intercesor ese mismo jefe, vuestro ángel tutelar en la tierra, pueden preservaros hoy de una ruina cierta... ¡Dios, únicamente Dios, pudiera salvaros mañana!

Aben Humeya   (Se habrá mostrado como pensativo y distraído al concluirse la alocución de Lara.) ¡Hola!... cargad de cadenas a ese castellano, y conducidle a una mazmorra.

(Algunos moriscos dan muestras de obedecer, y después se detienen indecisos.)

Lara   ¡Y qué! ¿Vais a coronar tantos crímenes con este atentado?... Pero nadie se acercará impunemente a un soldado de los tercios de Castilla.

(Echa mano al puño de la espada; el escudero hace ademán con la lanza de ponerse en defensa.)

Aben Humeya	Lara, el ánimo y esfuerzo nada valen en esta ocasión... Vais a experimentar, vos mismo, los tormentos que nuestros antiguos opresores nos han hecho sufrir... Ahora veremos hasta dónde raya esa entereza castellana, de que blasonáis tanto; o si antes bien no preferís rescatar la vida a costa de vuestra sumisión, de vuestros juramentos, de vuestra misma fe...
Lara	¿Quién?... ¡Yo, bárbaro!... ¿Renunciar yo, por salvar una vida sin honra, renunciar a mi rey, a mi patria, a la religión de mis padres?... ¡Antes la muerte, mil veces la muerte!
Aben Humeya	(Con sequedad y desaire.) Esa es nuestra respuesta. Marchaos.
Todos los moriscos	(Arrebatados de entusiasmo.) ¡Viva Aben Humeya!
Lara	(Después de mostrarse un poco perplejo.) Escuchadme... un momento siquiera...
Aben Humeya	¿Y qué tenéis que añadir?... ¿Reconvenciones?... Ya las hemos oído. ¿Promesas?... No hay una sola que no hayáis quebrantado. ¿Amenazas?... Resueltos estamos a morir.
Muchos moriscos	¡Todos lo estamos!
Otros muchos más	¡Todos!
Lara	Pero tenéis esposas, tenéis hijos... ¿Habéis pensado en su suerte?
Aben Humeya	Sí, hemos pensado en ella; y al punto hemos empuñado las armas.

Varios caudillos	¡Y para no soltarlas jamás..., jamás!
Aben Humeya	Ya estáis oyendo, Lara... ¿qué esperáis?...
Lara	(Tras una corta pausa.) Voy por última vez a poner vuestra suerte en vuestras manos; mas no olvidéis, en tan fatal momento, que seréis responsables ante Dios y los hombres de cuanta sangre se derrame. (Toma la lanza que tenía el escudero, clávala en la tierra, y cuelga de ella el escudo. Vuelve luego a su puesto.) ¡Habitantes de estas sierras!... el marqués de Mondéjar os envía su propio escudo, en señal de protección y como prenda inviolable de paz... ¿Queréis guardarle en vuestro poder y volver inmediatamente a la obediencia del rey de Castilla?
Varios moriscos	¡No!
Otros muchos	¡No!

(Tiran piedras y flechas contra el escudo, y échanle por tierra.)

Aben Abó	(Coge un tizón ardiendo de la hoguera, otros moriscos siguen su ejemplo, y van a pegar fuego a la iglesia.) Di a Mondéjar que venga a tomar posesión de la villa... ¡nosotros mismos vamos a iluminarle el camino!
Lara	¿Qué hacéis?... ¡Acabáis de pronunciar vuestra sentencia de muerte!

(Hace una seña al escudero, que vuelve a tomar inmediatamente la lanza y el escudo.)

Escena XI

Los mismos de la escena anterior, excepto Lara y su escudero.

Aben Humeya   Id, Muley Carime, acompañad a ese enviado, y no le perdáis de vista hasta que esté fuera del pueblo.

(Vase Muley Carime; Aben Farax sigue a corta distancia sus pasos, acompañado de algunos de su bando.)

Escena XII

Los mismos, excepto Muley Carime, Aben Farax y los suyos.

Aben Humeya   Y vos, Aben Juhar, partid al instante..., poneos al frente de nuestros pueblos sublevados, e impedid al enemigo que cruce el río de Orjiva.

Escena XIII

Los dichos, menos Aben Juhar.

Aben Humeya   ¡Está echado el resto; acabáis de oírlo de la misma boca de nuestros contrarios; ni paz ni tregua cabe ya entre nosotros; no nos dejan más alternativa que el triunfo o el cadalso!

Muchos moriscos ¡Con gusto la aceptamos!

Aben Humeya   ¡Cuán satisfecho estoy, en este instante, al verme rey de tal nación!

Partal   Antes pereceremos que volver al antiguo yugo.

Aben Humeya	Quien no teme la muerte, está cierto de la victoria. ¡Seguidme, amigos, seguidme; demos nosotros mismos la señal de pelea; y no repita el eco de estos montes sino acentos de guerra!
Todos	¡Viva Aben Humeya!

(Óyese el eco de las aclamaciones y de los instrumentos militares. El incendio de la iglesia va en aumento; empiezan a caer puertas y ventanas, y dejan ver el interior del templo ardiendo, al mismo tiempo que está nevando a copos.)

Fin del acto segundo

ACTO III

El teatro representa un salón de un antiguo castillo de moros. Cerca de los espectadores, y a su mano derecha, se hallan situados el aposento de Muley Carime y el de Zulema, cuyas puertas están cubiertas con tapices. En el mismo lado se ve un antiguo reloj, apoyado contra una columna; y en el lado opuesto dos ventanas, por las que se descubre una parte de la villa, alumbrada con el reflejo de la luna. En el fondo del salón, que termina en arcos sustentados en columnas, se ven a entrambas manos dos escaleras paralelas, que conducen a una galería transversal, elevada sobre el nivel del teatro, y en cuyo promedio desemboca un largo corredor. Debajo de la galería, entre las dos escaleras, se descubre la entrada de los subterráneos, resguardada con verjas de bronce. Una gran lámpara, colgada de la bóveda, alumbra una parte de la estancia.

Escena I

Aben Humeya, Zulema, Fátima, Mujeres y esclavas.

(Aben Humeya, Zulema y Fátima están sentados en almohadones a un lado del teatro; a cierta distancia se ve un grupo de mujeres y esclavas, de las cuales una está cantando y las otras acompañándola con tiorbas.)

Romance morisco

> Al dejar Aben Hamet
> por siempre a su amada patria,
> a cada paso que da
> el rostro vuelve y se para;
> mas al perderla de vista,
> las lágrimas se le saltan;
> y en estos tristes acentos
> despídese de Granada:

«A Dios, hermoso vergel,
tierra del cielo envidiada,
donde por dicha nací,
donde morir esperaba;
de tu seno y de mi hogar
mi dura estrella me arranca;
y me condena a vivir
y a morir en tierra extraña...
Y pues por última vez
te miro en hora menguada,
¡A Dios, Granada, por siempre!
¡A Dios, patria de mi alma!...»

«Una y otra primavera,
errando triste en la playa,
las golondrinas veré
dejar la costa africana,
cruzar el mar presurosas,
tender el vuelo a Granada,
y el nido tal vez labrar
en el techo de mi casa...
¡Ay, cuánta envidia os tendré,
Avecillas fortunadas,
y cuán gozoso mi suerte
por vuestra suerte trocara!
Mas vuestra misma ventura
vendrá a renovar mis ansias,
sin que en la vida me quede
ni consuelo ni esperanza...»
Calló el moro; dio un suspiro;
y al trasponer la montaña,
por última vez repite:
«¡A Dios, patria de mi alma!...»

Escena II

Aben Humeya, Zulema, Fátima.

(A las primeras palabras que pronunció Zulema, levántase Fátima, y hace que se retiren las mujeres y esclavas.)

Zulema	Ese romance tiene un acento tan sentido, tan tierno, que llega al corazón y le lastima... No le oigo cantar ni una sola vez sin que se me salten las lágrimas...
Aben Humeya	Es que tú misma como que te complaces en esa tristeza, que cada día va en aumento a costa de tu felicidad y de la mía.
Zulema	Al contrario, hago cuanto está de mi parte por alejar de mi alma todo lo que puede afligirme...
Aben Humeya	¿Tienes algún disgusto, algún pesar secreto?...
Zulema	¿Secretos para contigo?... ¿Hablas de veras? En mi vida he tenido un pensamiento que no sea tuyo. Mas ni yo misma puedo explicar la causa de esta melancolía que me consume... Con frecuencia me sucede, durante el curso del día, estar ansiando que llegue la noche, por descansar siquiera; y si llego a cerrar los ojos, cansada ya y rendida, no hay sueño triste ni imagen espantosa que no venga a atormentarme, hasta que despierto sobresaltada... Anoche mismo...; pero no quiero entristecerte. ¡A bien que te veo junto a mí y mi padre descansa allí tranquilo!
Aben Humeya	Mas ahora, ¿qué tienes que temer?...

69

Zulema	(Tomándole la mano con cariño.) ¿Qué tengo que temer?... ¡Tú no amas, Aben Humeya, tú no amas!... Ahora recuerdo, y con cierta ternura, la vida sosegada que disfrutábamos en nuestra casa de campo; allí no tenías enemigos ni rivales; contribuías a la dicha de muchos; y todo cuanto nos rodeaba anunciaba la paz y la ventura... Pues, a pesar de todo, ¿lo creerás?, aun allí mismo hallaba motivos de estar con zozobra... ¡Qué diferencia, querido mío, qué diferencia! Los pesares de ayer me parecen hoy el colmo de la dicha... Te lo confieso ingenuamente: desde que ha cambiado nuestra suerte; desde que te veo rodeado de ese vano esplendor, que tantos peligros encubre, no preveo sino un cúmulo de desgracias... ¿Eres tú más dichoso?... Tú no me dirás la verdad; ya lo sé.
Fátima	Pues yo, por mi parte, estoy muy contenta al verme hija de un rey..., todos me lo dicen; y tengo tanto gusto en oírlo... Lo único que no puedo sufrir es este castillo..., no sé qué tiene, tan triste y tan opaco, que me acongoja el alma. ¡Cuánto más hermosa y alegre era nuestra casa de campo!... Toda ella la andaba yo, lo mismo de noche que de día; ¡pero aquí no haría otro tanto por nada del mundo!
Aben Humeya	(Sonriéndose.) No eres muy valiente, Fátima...; yo creía que las hijas de los reyes no tenían miedo.
Fátima	No es miedo lo que tengo; de veras lo digo; ¡pero he oído contar cosas tan espantosas!... En este mismo castillo vivió algún tiempo Abdilehí el Zagal, a quien maldijo el cielo por haber prestado ayuda al rey de Castilla...; hasta la piedra en que solía sentarse se ha vuelto más negra que el humo...; pero lo que más

pavor me causa son esas manchas de sangre de que están salpicadas las paredes... Yo no quiero a los cristianos... ¡Nos han hecho tanto mal!... Pero (Dios me lo perdone) cuando recuerdo su degüello, como que siento lástima...

Zulema   Calla, hija, calla...

Aben Humeya   Déjala..., cuando la estoy oyendo, no pienso en nada del mundo.

Fátima   El primer favor que tengo que pediros es que no nos quedemos aquí..., no seremos felices hasta que perdamos de vista estos muros... ¡Si hubierais oído lo que me decía esta mañana mi esclava, la vieja egipcia!... Dentro de seis lunas, a más tardar, nos veremos ya en Granada... ¡A fe mía que entonces no tendré miedo, y no volveréis a hacer burla de mí...; a media noche he de recorrer todo el palacio de la Alhambra!

Zulema   ¿Has perdido el juicio, muchacha?

Aben Humeya   Déjala por tu vida... ¿Qué te decía la esclava, hija mía?

Fátima   ¡Oh! me anunciaba montes y maravillas; y yo le rogué mil veces que me lo repitiera... «Tu padre, me dijo, se verá en breve señor de Andalucía, y echará a los cristianos más allá de Sierra Morena... Por lo que hace a ti...» Lo que me pronosticó a mí, no me atrevo a decirlo.

Aben Humeya   ¿Y por qué?... ¿Era acaso algo malo?...

Fátima   ¡Malo!, a buen seguro que no; me ha predicho que me casaré con un gran príncipe... Pero no por eso me apartaré de vuestro lado, madre mía; mi esposo y yo viviremos en Generalife.

Zulema   Sin gana me haces reír... En mi vida te he visto tan alegre.

Aben Humeya   También tengo yo mucho gusto en verte a ti menos triste.

Zulema   (Volviéndose con inquietud hacia la galería del fondo.) ¿Qué ruido es ése?...

Aben Humeya   No es nada...; tal vez el viento, que silba en ese corredor.

Zulema   Me parecía haber oído pasos...

Aben Humeya   ¿Y quién pudiera venir a estas horas?

Zulema   ¡Qué sé yo!... Pero me parece como que oigo rumor más cerca... (Escuchan con suma atención.) No me engañaba, alguien viene...

(Aben Abó y Aben Farax se presentan a la salida del corredor, y aguardan a que Zulema y Fátima se retiren.)

Aben Humeya   Son Aben Abó y Farax.

Zulema   ¿Y qué buscan aquí? Con sólo verlos me he inmutado toda.

Aben Humeya   No tienes por qué asustarte... Ve a recogerte sin el menor recelo.

Zulema	A Dios..., hasta mañana.
Aben Humeya	Hasta mañana... y que te halle yo más alegre.

(Vase Zulema, dejando entrever su inquietud; Aben Humeya se muestra distraído, como si se le hubiese ocurrido de pronto un triste pensamiento.)

Fátima	¿Y esta noche no hay para mí un beso?...
Aben Humeya	(Besándola.) Sí, hija mía..., con toda mi alma.
Fátima	Toda la noche voy a estar soñando con el palacio de la Alhambra.

(Vase, mostrando viveza y regocijo.)

Escena III

Aben Humeya, Aben Abó, Aben Farax.

(Entran los dos últimos con paso lento y aire misterioso, y cada uno de ellos se coloca a un lado de Aben Humeya.)

Aben Abó	Te traemos, Aben Humeya, una nueva fatal...
Aben Farax	Y nos vemos forzados a traspasar con ella tu corazón.
Aben Humeya	(Con suma presteza.) ¿Ha muerto mi padre?
Aben Abó	Aun estaba ayer vivo.
Aben Humeya	Pues nada tengo que temer; acabo de separarme en este instante de mi esposa y de mi hija.

Aben Abó	¡Ah! esa misma esposa y esa hija son las que van acostarte lágrimas de sangre...
Aben Farax	Su felicidad y la tuya acabaron ya para siempre.
Aben Humeya	¿Qué decís?... ¡No más misterios!... Aun la mayor desdicha la prefiero a esta incertidumbre.
Aben Abó	Cuando toques la realidad...
Aben Humeya	No importa; quiero saber cuanto haya... Decidlo.
Aben Abó	(A Farax.) A ti te toca...
Aben Humeya	¿Y por qué no lo haces tú?...
Aben Abó	Ya adivinarás el motivo, cuando sepas el crimen y el culpable.
Aben Humeya	(Con impaciencia.) ¿Qué crimen, qué culpable?
Aben Abó	Han tratado de vendernos con la traición más negra...
Aben Humeya	¿Y por qué temes descubrirla?
Aben Abó	Si temo, es sólo por ti...
Aben Humeya	¡Por mí!... Haces mal, Aben Abó, en tomarte ese cuidado... Si hay peligros, los arrostraré; si hay culpables, sabré castigarlos.
Aben Abó	Mucho tiempo te ha de temblar la mano, antes que descargues el golpe...

Aben Humeya	Decid el nombre del reo, y el rayo no será más pronto.
Aben Abó	Muley Carime... ¿Qué es eso?... ¿Mudas de color?... Vuelve en ti, Aben Humeya...
Aben Farax	Nos da lástima verte así.
Aben Humeya	(Quédase durante unos momentos desconcertado y confuso; pero recobrándose luego, dice con tono grave.) ¿Y en qué indicios se funda tan extraña sospecha?
Aben Abó	¡Ojalá que no fuesen más que indicios!... Hubiéramos podido cerrar los ojos.
Aben Farax	No son indicios, sino pruebas.
Aben Humeya	¿Pero, son ciertas?
Aben Farax	Irrefragables.
Aben Humeya	¿Hay testigos?
Aben Abó	Uno.
Aben Humeya	¿Y ése le acusa?...
Aben Abó	No, que le condena.
Aben Humeya	Puede engañarse...
Aben Abó	No puede.
Aben Humeya	O desear su perdición...

Aben Abó	A toda costa quisiera salvarle.
Aben Humeya	¿Es amigo suyo?
Aben Abó	Aun más.
Aben Humeya	¿Quién es, pues?
Aben Abó	Él mismo. Puedes guardar esa carta, si quieres...; ya es público su contenido.

(Entrega un papel a Aben Humeya, quien lo lee para sí, dejando entrever su turbación. Aben Abó y Aben Farax le observan con el mayor ahínco, en tanto que él permanece inmóvil, con los ojos clavados en la carta.)

Aben Humeya	(En un momento de distracción, mientras está cavilando.) ¡Desventurada... no te engañaba tu corazón! ¡Bien tienes que llorar!... (Fija la atención en el papel, como si volviese a leerle.)
Aben Farax	Ved cómo aun conservaban esperanzas de volvernos a someter al yugo... No aguardaban sino un momento de flaqueza para remachar nuestros grillos.
Aben Abó	Mas, por lo menos, no puede tachársele de ingrato... No te echaba en olvido, Aben Humeya... Solicitaba tu indulto, y se proponía salvar a tu familia, a costa de nuestra libertad... El ejemplo de Boabdil, disfrutando en África sus infames tesoros, parecía tentador a los ojos del pérfido...
Aben Humeya	(Con tono severo.) Basta. ¿Cómo ha caído en vuestras manos este pliego?...

Aben Farax	Lara, que era el portador, le ha dejado en el camino.
Aben Humeya	¿Dónde le habéis hallado?
Aben Farax	(Con frialdad.) Sobre su cadáver.
Aben Humeya	¿Y así habéis quebrantado, con una emboscada alevosa?...
Aben Farax	Proseguid, Aben Humeya... ¿Porqué os detenéis?... Cuando se acaba de desbaratar una traición indigna, cabe oír a sangre fría reconvenciones y cargos. Nosotros habíamos visto al enviado castellano en plática misteriosa con Muley Carime, y hasta habíamos cogido algunas palabras sueltas...; conocíamos a fondo a ese viejo apocado; sabíamos sus designios, sus antiguos vínculos con Mondéjar... Seguros estábamos de que no dejaría escapar la única ocasión con que la suerte parecía brindarle; y tampoco debíamos desperdiciar nosotros la sola que ya nos quedase para arrancarle la máscara y confundirle... ¿Es culpa nuestra por ventura el que ese castellano orgulloso haya preferido morir antes que ceder?... Durante su agonía, quiso el cielo que descubriese el crimen por los mismos medios con que procuraba ocultarle; y sólo después de su muerte fue cuando hallamos bajo su mano ese pliego fatal.

(Coloca su mano sobre el pecho, como para imitar la acción de Lara.)

Aben Abó	Por cierto que no deja ni asomo de duda; el delito está patente; el mismo reo le ha sellado con su mano...
Aben Farax	Y debe en breve sellarle con su sangre.

Aben Abó	¿Hay alguien que lo dude?... Todo lo hemos aventurado por salir de tan odiosa esclavitud... ¡Y dejaríamos expuesta nuestra suerte a las tramas de algunos traidores!... Nadie será osado a proponérnoslo; no sabríamos nosotros tolerarlo.
Aben Humeya	Tampoco tolero yo advertencias ni amenazas... Ya habéis cumplido con vuestro deber; yo cumpliré con el mío. Idos.
Aben Abó	No ha sido nuestra intención dirigiros advertencias ni amenazas... Mas, ¿es seguro empezáis tan pronto a reputar como insulto el recordaros vuestros juramentos?...
Aben Humeya	No los he echado en olvido, para que sea menester recordármelos.
Aben Abó	Quien vacila al cumplirlos, no está ya lejos de olvidarlos.
Aben Humeya	Aun menos lejos está de castigar a un insolente. ¡Idos... idos!... (Apártase, descubriendo su ira. Farax coge del brazo a Aben Abó, y se le lleva consigo.)
Aben Abó	(Deteniéndose un poco en medio del camino.) ¡Cuánto me cuesta refrenar mi justa indignación!
Aben Farax	Vamos, y no malgastemos el tiempo... Ve a ponerte al frente de nuestros parciales... Yo voy a posesionarme de las salidas secretas del castillo.
Aben Abó	(Al alejarse.) ¡Pronto volveré!

(Vanse.)

Escena IV

Aben Humeya.

(Aparece muy agitado: ya se pasea apresuradamente, ya se para de pronto; corta sus discursos, y vuelve luego a proseguirlos; muestra, en fin, de todos modos las dudas e incertidumbre con que está batallando su ánimo.)

Aben Humeya   ¿Qué has hecho, desdichado, qué has hecho?... ¡Me has entregado indefenso en manos de mis enemigos... Pero no lo habrás hecho impunemente, no; ¡yo arrojaré tu cabeza sangrienta a la cara de esos audaces! ¿Y por qué dudo ni un momento siquiera?... ¡Nos ha vendido; pues que muera!... ¿Cabe nada más justo?... Este ejemplar contribuirá también a impedir otras tentativas culpables, cerrará la boca a mis émulos, afirmará mi trono... Mas, ¿es seguro que lo afirme?... ¡En mi familia, en mis hogares, va a mostrarse a los pueblos indignados el primer traidor a la patria; desde el mismo cadalso llamará hijos suyos a mis propios hijos!... Tal vez es eso lo que con más afán anhelan esos pérfidos; les duele en el alma no verme ya humillado a los ojos del pueblo, para socavar con el desprecio mi autoridad reciente, mientras hallan ocasión de derribarla. Desean verme sonrojado, al pronunciar el nombre del reo, y que vuelva a mi casa, lleno de dolor y vergüenza, para hallar, en vez de consuelo, las quejas y reconvenciones de mi afligida esposa... No; ¡viva, viva!... Es preciso salvar al padre de mi mujer... y que el gozo de mis enemigos no sea tan colmado. Pero ¿de qué arbitrio valerme? Ellos se apresurarán a divulgar la traición; a la hora ésta ya se sabe la muerte de Lara y la carta que han hallado en su seno. Me estrecharán a que presente la prueba del delito... ¿Cómo los desmiento yo? La más leve contradicción, la menor demora me perdería a los ojos de un pueblo arrebatado, suspicaz, que acaba de romper sus hierros, y que sufre a duras penas aún la sombra de mando... En vez de salvarle yo, me llevaría consigo en su caída... Pues ¡perezca, perezca él solo! Mas no acierto a salir de este círculo fatal; la mancha de su castigo va a recaer sobre mi esposa, sobre mis hijos, sobre mí... Va a morir siendo el blanco de la ira del cielo, de las maldiciones de cien pueblos, de los insultos de una turba desenfrenada... ¡Y yo, su amigo, su huésped; yo, que aun hoy mismo le apellidaba padre, tendré que firmar su muerte, que presenciarla, que aplaudirla!... ¡No; no podría yo sobrevivir a humillación tan grande! Es forzoso impedirla a toda costa... ¡Un medio... un medio..., uno solo..., sea cual fuere, y le abrazo al instante! (Volviéndose hacia el aposento de Muley Carime.) ¡Ah! no es tu vida, miserable, no es tu vida la que detiene y embaraza mis pasos; ¡te arrastro como un cadáver, que me han atado estrechamente al cuerpo! ¿Y por qué no me desprendo de él?... Puedo y debo hacerlo; lo haré. ¡No más indecisión, no más dudas; de un solo instante puede pender mi suerte... Antes que esos malvados tengan tiempo de volver en sí; mientras deliberan y traman el plan para perderme, confundamos sus proyectos con un golpe decisivo... ¿No me pedíais ahora mismo, no me intimabais con tono imperioso la muerte del culpable?... Pues bien; aguardad un instante, voy a dejaros satisfechos...; mas llevará consigo vuestras esperanzas, y las hundirá en el sepulcro.

Escena V

Aben Humeya, Aliatar.

Aben Humeya	¡Aliatar!... ¡Aliatar!... (Preséntase el esclavo negro, aso- mándole un puñal por la faja.) ¿Dónde están los demás esclavos?
Aliatar	En el patio del castillo.
Aben Humeya	¿Estás solo?
Aliatar	Solo.
Aben Humeya	¿Nadie nos oye?
Aliatar	Nadie.
Aben Humeya	Ve, y despierta a Muley Carime... Que venga al punto; aquí le aguardo. (Mándale con una seña que se acerque, y después le dice en secreto:) Tú te colocarás allá en lo hondo, en lo más oscuro, al desembocar del corredor... Si le ves salir quedándome yo... pásale el pecho. (El esclavo parte con precipitación.) ¡Aguarda! (Después de una breve pausa.) Tu cabeza pende del secreto.

(El esclavo contesta inclinando sumisamente el cuerpo, y vase al punto.)

Escena VI

Aben Humeya.

(Paséase en silencio, suelta las palabras que siguen, y después se echa en los cojines, abatido y caviloso.)

| Aben Humeya | ¡Durmiendo está con el mayor sosiego... y tal vez ahora mismo sueña que es feliz!... ¡Conserva tu sueño, desventurado; consérvale otro instante siquiera!... ¡Vas a despertar por la última vez!... |

(En el intervalo que media entre ambas escenas, el esclavo cruza el teatro, y va a colocarse en el puesto indicado, de suerte que le divisen a lo lejos los espectadores.)

Escena VII

Aben Humeya, Muley Carime.

| Muley Carime | ¿Qué motivo tan urgente te ha obligado a llamarme a estas horas?... |

| Aben Humeya | Un asunto muy grave, que tengo precisión de consultaros. |

| Muley Carime | Y has querido aprovechar el silencio y la soledad de la noche... o tal vez ese asunto importante debe estar resuelto antes que raye el día... |

| Aben Humeya | (Señalando el reloj de la sala.) ¡Mirad allí, mirad! |

| Muley Carime | Acaba de dar la una... |

| Aben Humeya | Pues antes que dé otra hora, ya ese grave asunto se verá terminado. |

| Muley Carime | ¡Terminado!... |

| Aben Humeya | ¡Y para siempre! |

(Quédanse en silencio unos instantes.)

Muley Carime   Me parece que estás muy pensativo, Aben Humeya... A pesar de tus conatos, veo claramente que te aflige una grave pena.

Aben Humeya   Es un secreto fatal...

Muley Carime   ¿Y por qué tardas en confiármelo?...

Aben Humeya   No tengáis tanto afán por saberlo... Siempre tiene que pesar sobra mi corazón, y no vais a poder con él.

Muley Carime   Mas, ¿qué secreto es ése?... ¡Ah! bien te lo había yo dicho: ni el engrandecimiento ni el poder alcanzan a darnos en el mundo un solo día feliz; has perdido la paz del ánimo, has comprometido tu suerte; lo has sacrificado todo por un pueblo inconstante, que te abandonará cuando apremie el peligro...

Aben Humeya   Y al que he jurado defender aun a costa de mi vida... ¿Lo habéis oído, Muley Carime?... Aun a costa de mi vida...

Muley Carime   ¿Y a qué fin me diriges esas palabras?...

Aben Humeya   Os ruego meramente que las peséis.

Muley Carime   No te comprendo...

Aben Humeya   Pues ahora vais a comprenderme. Todo lo he sacrificado por redimir del yugo a estos pueblos...; vos mismo acabáis de decirlo; y ellos, a su vez, han depositado en mí su confianza, su poder, su futura suerte...

¿Cumplirán sus promesas?... ¡Dios lo sabe!... Yo sé que cumpliré las mías.

Muley Carime   ¿Y quién te dice?...

Aben Humeya   No me interrumpáis. Yo tengo un padre anciano, cuya vida me importa mucho más que mi vida... Está entre las garras de mis enemigos, cargado de cadenas, con la cuchilla a la garganta. Lo sé, lo sabía cuando di la señal contra sus verdugos; y ellos saben también el medio de vengarse de mí.

Muley Carime   Mas, ¿por qué te anticipas a sentir las desgracias antes de que sucedan?...

Aben Humeya   Escuchadme un instante, voy a concluir. Yo he agravado el peligro en que se halla mi padre; cada golpe que descargo puede acelerar su muerte; y, sin embargo, no he vacilado un punto. ¡Pensad, pensad vos mismo si habrá algo en el mundo que pueda contenerme!

Muley Carime   ¿Por qué me echas esas miradas?... ¿Qué quieres decirme con ellas?

Aben Humeya   Ya que os he mostrado hasta el fondo de mi corazón, voy a consultaros sobre aquel grave asunto... y adivinaréis desde luego cuáles pueden ser las resultas. En nuestro mismo seno hay un traidor...

Muley Carime   ¡Un traidor!... ¿Lo sabes de cierto?

Aben Humeya   De cierto. Vos mismo vais también a quedar convencido. ¿Qué castigo merece?...

84

Muley Carime	¿Tiene hijos?... (Aben Humeya se queda callado.) ¿No me contestas, Aben Humeya?
Aben Humeya	No los tendrá mañana.
Muley Carime	(Aparte.) ¡Qué recuerdo, Dios mío!...
Aben Humeya	Parece que os turbáis.
Muley Carime	No por cierto... ¡Compadezco a ese desdichado, soy padre como él!
Aben Humeya	Bien se echa de ver que os inspira mucha compasión... ¿Sabéis por ventura quién sea?
Muley Carime	¿Y cómo quieres que lo sepa?...
Aben Humeya	Recapacitad un poco..., recorred vuestra memoria...; tal vez el corazón os ayudará también...
Muley Carime	Más fácil sería que tú me lo dijeses...
Aben Humeya	¿Queréis forzarme a ello?
Muley Carime	Yo no te fuerzo, antes te lo suplico.
Aben Humeya	Y por mi parte haría el mayor sacrificio a trueque de evitarlo.
Muley Carime	¿Y por qué te cuesta tanto pronunciar el nombre del reo?
Aben Humeya	¡Porque al salir de mi boca lleva consigo la sentencia de muerte!

Muley Carime	¡La sentencia de muerte!
Aben Humeya	Y en el mismo instante.
Muley Carime	(Con voz alterada.) Mucho me compadece ese desgraciado, te lo confieso...; mas, puesto que estás empeñado en decirme su nombre...
Aben Humeya	Al contrario, no vais a oírle.
Muley Carime	¿No?
Aben Humeya	Vais a verle con vuestros propios ojos.

(Aben Humeya le muestra abierta la carta; Muley Carime la aparta con la mano.)

Muley Carime	Basta. (Después de un corto intervalo, y al mismo tiempo que mira a Aben Humeya, señalándole el aposento de su mujer.) ¿Eres tú el único depositario de este secreto?
Aben Humeya	También lo saben otros.
Muley Carime	¿Quién?
Aben Humeya	Aben Abó y Farax.
Muley Carime	Ya sé la suerte que me espera.
Aben Humeya	¿La sabéis?
Muley Carime	Y la aguardo tranquilo.

Aben Humeya	(Echa una ojeada alrededor de la sala, saca del seno un pomo de oro, le abre y se le da.) Tomad, y. (Vuelve a otro lado el rostro y se arroja sobre los almohadones.)
Muley Carime	(Toma el pomo, bebe el veneno y clava los ojos en Aben Humeya; después se acerca a él y le dice:) ¡Tú reinarás! (Ambos permanecen durante unos instantes en la misma actitud.) ¡Escúchame, Aben Humeya, escucha!... Me conoces muy tarde... demasiado tarde... ¡Te habías equivocado en el concepto de que me tenías; pero tu corazón me está haciendo en este instante plena justicia; él propio me venga, y te humilla ante mí...; tu mano temblaba más que la mía al coger el veneno. ¡Muy lejos estaba yo de querer a nuestros opresores... los aborrecía con toda mi alma, tanto como tú, aun más todavía... Me han hecho más tiempo infeliz...; pero era padre, Aben Humeya, era padre, y veía en riesgo a mis hijos... ¡Desventurado! ¡Por tu esposa y por tu hija temblaba, cuando tú me acusabas, de flaqueza!... (Reprimiendo su enternecimiento.) El amor a mis hijas me cuesta la vida; ya lo ves, Aben Humeya, muero por salvarlas... Mas no quisiera llevar al sepulcro el pesar de haber hecho en balde tamaño sacrificio... ¿Quieres prometérmelo?...
Aben Humeya	(Levantándose.) Yo... ¿Qué puedo hacer en eso?...
Muley Carime	Empéñame tu palabra... y veré más tranquilo acercarse mi última hora.
Aben Humeya	Si depende de mí...
Muley Carime	De ti depende.

Aben Humeya	Pues prometo hacerlo...
Muley Carime	Y vas a jurarlo en mis manos. Mas, ¿qué movimiento es ése? Soy yo quien te la presento primero..., estréchala, Aben Humeya; estréchala sin temor..., aun no está fría! (Cógele la mano.) Escúchame ahora... ¡No tiembles y escucha! El estruendo de las armas va a penetrar muy luego en estas sierras...; los guerreros pelearán, no lo dudo; ¡pero sus infelices familias!... Por Dios, no expongas a mi hija, no expongas a la tuya a todos los horrores de una guerra de exterminio... ¿Cuál sería su suerte si tú llegaras a faltar? ¡Mira mi destino, Aben Humeya, siempre mi destino! Ahora mismo temo y tiemblo por ti... Mas en tu mano está templar mi amargura si llevo conmigo la esperanza de haber logrado mi intento... Yo había cuidado de fletar en cuanto vi que amenazaban estas revueltas un barco tunecino, que se halla surto en el puerto de Adra. En pocas horas puede llegarse a él, y en otras pocas puede llevar a Tánger a tu mujer y a tu hija...
Aben Humeya	Bien está; lo haré.
Muley Carime	Y yo confío en tu palabra. ¡Dentro de mí mismo llevo el convencimiento de que no te atreverías a engañarme!

Escena VIII

Aben Humeya, Muley Carime, El Partal, algunos moriscos vienen por el corredor.

Partal	(Gritándole de lejos.) ¡Ponte en salvo, Aben Humeya, ponte en salvo!...
Aben Humeya	¡Huir yo!... ¿Dónde está el enemigo?

Partal	Ya ha salvado el río, ya se acerca... pero no es él quien te amenaza, sino nuestros guerreros sublevados.
Aben Humeya	¡Es posible!
Partal	Han cundido entre ellos las inculpaciones más atroces; dicen que tu tío Aben Juhar ha vendido al enemigo el paso del río; que tú has sido su cómplice...
Aben Humeya	¡Yo!...
Partal	Se habla sin rebozo de la traición de Muley Carime...
Aben Humeya	¡Ah!... ya descubro la mano de los pérfidos... pero poco les durará el gozo... (Va a salir.)

Escena IX

Aben Humeya, Muley Carime, El Partal, El Xeniz, Aliatar, algunos moriscos y un tropel de esclavos.

El Xeniz	(Casi sin aliento, desde lo alto de la galería.) ¿A dónde vas?... ¡Detente!... No hay que perder un solo momento... Ya vienen a asaltar el castillo... Hasta tienen la avilantez de pedir tu cabeza...
Aben Humeya	Voy yo mismo a llevársela. ¡Mis armas!

(Aliatar va corriendo a buscarlas.)

Escena X

Los dichos, excepto Aliatar.

El Xeniz	Aben Abó y Farax acaudillan a los sublevados...
Aben Humeya	¡Mis armas!... ¿En dónde están mis armas?

(Otros dos esclavos van por ellas.)

Partal	Aun tenemos una retirada segura por ese camino subterráneo...
Aben Humeya	¡Mis armas!

Escena XI

Los dichos. Aliatar.

(Saca Aliatar un alfanje y un puñal, y los da a Aben Humeya.)

Aben Humeya	(Desnudando el acero, y arrojando lejos la vaina.) Mucho tengo que agradecerte, destino mío... voy a derramar con mi propia mano la sangre de esos dos traidores o a morir como rey.

Escena XII

Muley Carime, Zulema.

Zulema	(Al abrir la puerta.) ¿Qué ruido es ése? ¡Sois vos!
Muley Carime	(Aparte.) ¡Mi hija!... ¡Dios mío!
Zulema	Me pareció que había oído la voz de mí esposo... En este mismo instante estaba pensando en los dos.
Muley Carime	¡En los dos!

90

Zulema	¿Por qué no?... Yo nunca separo a entrambos en mi pensamiento ni en mi corazón... ¡Todas las noches, antes de dormirme, ruego a Dios por vos y por él!
Muley Carime	¡Zulema!...
Zulema	Me parece que estáis contristado, y que os cuesta trabajo contener vuestras lágrimas... ¿Nos amenazan más desdichas?...
Muley Carime	No te inquietes..., sólo tengo que decirte que voy a ausentarme...
Zulema	¡Ausentaros!... ¿Y qué causa tan urgente puede obligaros a ello?
Muley Carime	Es necesario, hija mía...
Zulema	¿Lo sabe mi esposo? (Muley Carime no responde.) ¡Ah! no me queda duda, él es quien os lo ha mandado... Pero no se verificará, no; yo sabré impedirlo. (Va a ir al instante, mostrando resolución y confianza.)
Muley Carime	(Con tono grave.) Detente... ¿A dónde vas?
Zulema	(Con abatimiento.) En busca de mi esposo... ¿No me es lícito rogarle por mi padre?
Muley Carime	Es inútil, mi querida Zulema..., del todo inútil...
Zulema	No lo creáis; es el único favor que le he pedido; y a él le consta lo mucho que yo os amo... ¡Lejos de vos, lo digo con toda mi alma, no podría yo sobrellevar la vida!

Muley Carime	¿Y a qué vienen ahora esas lágrimas?...
Zulema	No lloro...; pero me siento enternecida siempre que se me ocurre un pensamiento muy triste... ¡Dios, Dios sabe lo que le he pedido mil veces!... (Coge con la mayor ternura la mano de su padre.) Y me lo concederá..., sí, me lo concederá... Ya he llorado a mi madre, a mi pobre madre..., y el corazón me dice que no tendré que llorar más que a ella.
Muley Carime	(Desasiéndose de su hija, y echándose en el sofá.) ¡Esto ya es demasiado, Dios mío, demasiado!... Ten lástima de un padre... (Después de un corto intervalo.) Ven, Zulema, acércate...
Zulema	(Con viveza.) ¿No os iréis?...
Muley Carime	Es preciso, hija mía...
Zulema	Pero, a lo menos, volveréis pronto...
Muley Carime	¡Pronto!
Zulema	Mas, ¿qué quiere decir esa amarga sonrisa?... La sangre se me ha helado en las venas.
Muley Carime	Tengo necesidad de recogerme un poco..., es fuerza separarnos. (Levantándose.) Tus palabras me traspasan el corazón; y no tengo la fortaleza necesaria... Tú llenas de amargura mis últimos momentos...
Zulema	(Con sobresalto.) ¡Los últimos!...

Muley Carime	(Volviendo sobre sí.) Los últimos que me quedan antes de separarnos... (La abraza con la mayor ternura.) A Dios, Zulema, quédate con Dios. ¡Él será tu padre... como lo es de todos los desdichados!
Zulema	¿Qué quieren decir esas palabras misteriosas, ese acento tan desconsolado?... ¿Tal vez os amenaza algún riesgo?...
Muley Carime	No, hija, ninguno...
Zulema	Sin duda os aflige algún triste presentimiento... ¡Si os viese yo en este instante por la última vez! ¡Ah! no, padre mío, no; de aquí no saldréis... (Échase de pronto a los pies de su padre y abraza sus rodillas.)
Muley Carime	Déjame, hija, déjame..., por Dios te lo pido...; me estás haciendo sufrir mil veces la agonía de la muerte.
Zulema	Aguardad siquiera a que amanezca... Pasaremos juntos algunas horas más... ¡Prepararé mi ánimo a esta separación cruel!...
Muley Carime	No, hija, no puede ser...; ya me están aguardando...

(Dan las dos en el reloj de la sala; Muley Carime se muestra como herido de un rayo, y cae sobre los almohadones.)

Zulema	¿Por qué os habéis estremecido?... (Mirando al reloj.) Es el reloj, que acaba de dar la hora... (Volviendo hacia su padre.) Mas, ¿qué veo?... Habéis perdido el color, y estáis todo inmutado... Claváis en mí los ojos, y ni siquiera derraman ya una lágrima... (Levántase despavorida.) ¡Aben Humeya!... ¡Aben Humeya!... (Muley

	Carime pone su mano en la boca de su hija como para impedirle que grite; ella la aparta con horror.) ¡Dios mío!... ¡Está su mano helada!...
Muley Carime	¡Hija mía... hija!
Zulema	Respirad, respirad libremente...; no nos separaremos...; donde quiera que vayáis, os seguiré yo. (Muley Carime la mira con extrema ternura y cogiéndole la mano la aplica a su corazón.) Sí, ya lo sé...; ahí estoy..., ahí estoy para siempre...
Muley Carime	(Con un hondo quejido.) ¡Para siempre! (Expira.)
Zulema	¡Padre... padre! ¿No me respondéis?... ¡No conocéis ya a vuestra hija! ¡Ven, Aben Humeya, ven a socorrerme...; mi padre ha muerto!

(Cae postrada a los pies de Muley Carime. Después de un breve silencio óyense a lo lejos, hacia el fondo del teatro, algunos tiros de arcabuz, y luego resuenan golpes repetidos hacia el lado del aposento de Zulema.)

Escena XIII

Los dichos. Fátima, la esclava vieja, mujeres y esclavas.

(Salen todas con la mayor consternación.)

Mujeres y esclavas	(Al tiempo de salir.) ¡Salvémonos! (Corriendo hacia Zulema.) ¡Madre!... (Al ver a Muley Carime, vuélvese atrás horrorizada, y va a acogerse junto a la esclava vieja.) ¡Ay, Dios mío!...

Esclava vieja   No te asustes, Fátima...; es sólo un desmayo.

(Las mujeres y las esclavas acuden a Zulema y la levantan; una de ellas desprende su velo y lo echa sobre la cabeza de Muley Carime; Fátima se arroja en brazos de su madre, que por el pronto no da señales de vida. Redoblan con más fuerza los golpes.)

Una de las mujeres ¡Escuchad..., escuchad! Van a echar la puerta al suelo...; ya se oye el ruido de las armas...

Mujeres y esclavas ¡Huyamos!

Fátima   ¡Venid, madre, venid!

Zulema   (Vuelve poco a poco en sí, y mira como asombrada en derredor.) ¡Eres tú, hija mía!... ¡Sí, no hay duda; tú eres! ¡Te estoy viendo, te toco, te escucho en mi seno...; al fin logro llorar... (Se deshace en lágrimas, abrazada de Fátima.)

Esclava vieja   ¡Venid, por Dios os lo ruego, venid! El menor retardo pudiera costaros la vida.

Zulema   ¿Dónde está mi esposo?

Esclava vieja   Va a volver al instante.

Zulema   ¿Dónde está?

Esclava vieja   Ha ido a apaciguar el tumulto.

Zulema   Voy a buscarle.

Fátima   (Deteniéndola.) ¿A dónde vais?

Esclava vieja   Ocultémonos en esos subterráneos; y en logrando escapar por el pronto, él vendrá después a salvarnos.

Mujeres y esclavas ¡Ocultémonos!...

(La esclava vieja va delante; Zulema la sigue, apoyada en su hija, y rodeada de mujeres y esclavas. Al mismo tiempo que van a entrar en el subterráneo, sale de él Aben Farax, seguido de gran número de conjurados, con sables desnudos y hachas ardiendo; las mujeres esclavas arrojan un grito y huyen despavoridas, arrollando consigo a Fátima y a Zulema; pero ésta se desase de ellas y se queda sola en medio del teatro.)

Escena XIV

Zulema, Aben Farax, conjurados.

Aben Farax   (Con acento fuerte, al tiempo de salir.) ¿Dónde está el tirano? ¡Quizá va huyendo con esas mujeres; pero no se librará de la muerte!

Zulema   ¿A quién buscas, monstruo sanguinario?

Aben Farax   (Sin parar la atención en Zulema.) ¡Entrad a hierro y fuego, y registradlo todo!

(Va a partir seguido de algunos conjurados; los demás se van precipitadamente por varias puertas.)

Zulema   (Poniéndose delante.) No; de aquí no pasarás. Tú buscas a mi esposo para darle muerte.

Aben Farax   (Señalando, el cadáver.) ¡A tu esposo! Di más bien al asesino de tu padre.

(Desvíala con violencia, y desaparece al punto, seguido de los que se habían quedado con él.)

Escena XV

Zulema.

Zulema   (Quédase al punto inmóvil, como sobrecogida y pasmada; después va volviendo en sí, y luego cae en una especie de delirio.) No hay duda; él ha sido..., él ha sido...; todo lo recuerdo ahora, todo lo veo claro; hasta el fondo del abismo veo... ¡Este relámpago, me ha abierto los ojos; pero también me los ha abrasado! (Vaga por el teatro en la mayor agitación.) ¡Aben, Humeya... Aben Humeya!... ¡No es tu esposa, no; la hija de Muley Carime es quien te llama!

Escena XVI

Zulema, Aben Humeya, algunos moriscos y una turba de esclavos.

(Vense entrar huyendo y derrotados a muchos moriscos y esclavos, que se dispersan en el teatro y se escapan por todas partes.)

Aben Humeya   (Desde lo hondo del corredor.) ¡Aguardad, cobardes, aguardad un momento...; tened siquiera ánimo para verme morir!

Zulema   (Corriendo a su encuentro.) ¡Vuélveme mi padre, Aben Humeya; vuélveme mi padre!

Aben Humeya   (Sorprendido y turbado.) ¿Qué quieres, desdichada?...

Zulema	¡Mi padre! ¿Qué has hecho de mi padre? ¡No lo sabes! Ven, ven conmigo...; pronto le hallaremos... (Coge del brazo a Aben Humeya, queriendo conducirle por fuerza hacia donde está Muley Carime.)
Aben Humeya	¡Que me pierdes, Zulema, y te pierdes! ¡Déjame!
Zulema	¡No, no te suelto!... Mientras tenga vida, no he de dejar de pedirte mi padre!

Escena XVII

Zulema, Aben Humeya, Aben Abó, conjurados.

(Suena gran estrépito y vocerío en el fondo del teatro; Aben Abó es el primero que se presenta seguido de muchos conjurados.)

Aben Abó	¡Deteneos! (Hace una seña a los suyos, mira de hito en hito a Aben Humeya, y en seguida le dice:) ¡Al fin te encuentro, Aben Humeya!
Aben Humeya	(Con un acento que la cólera ahoga.) ¡Ven, traidor, ven...; aun tengo libre esta mano para pasarte el corazón!

(Zulema, fuera de sí, continúa asida a Aben Humeya y quiere apartarle de la pelea. Aben Abó le acomete con ímpetu; el sable de Aben Humeya se desprende de su mano herida, va a cogerle del suelo y Aben Abó le descarga un golpe terrible.)

Aben Abó	¡Muere!
Zulema	(Poniéndose de por medio.) ¡No!

(Cae herida mortalmente. Al mismo tiempo se oye un tiro detrás de Aben Humeya, que al sentirse herido va a dar un paso amenazando a Aben Abó, y cae desplomado.)

Aben Humeya   ¡Ay!

Escena XVIII

Aben Humeya, Aben Abó, Aben Farax, gran número de conjurados.

(Salen por todas partes los conjurados con armas y antorchas.)

Muchos conjurados ¡Muera el tirano! ¡Muera!

Otros   ¡Viva Aben Abó!

Todos   (Excepto Aben Farax y los de su bando.) ¡Viva nuestro rey!

Aben Farax   ¡Ya buscáis otro yugo!

Aben Humeya   (En la agonía.) ¡Muero contento..., pronto me seguirás, y asesinado también...; a estos traidores les lego mi venganza!

Aben Abó   ¿Qué estás ahí diciendo, miserable? ¡Arrastradle a esos subterráneos, y que en ellos halle su sepulcro!

(Un grupo de conjurados rodea a Aben Humeya, y se le llevan moribundo.)

Aben Humeya   (Hace señas con su mano ensangrentada, como si llamase a Aben Abó, y clama con voz desfallecida:) ¡Ven, Aben Abó, ven... Ya te aguardo!... (Expira y le entran al punto en el subterráneo. Zulema, al escuchar la voz de

su esposo, se arrastra un breve espacio, como que-
riendo seguirle, y cae luego exánime.)

Zulema   ¡Aben Humeya!

Escena XIX

Aben Abó, Aben Farax, conjurados.

Muchos conjurados ¡Viva Aben Abó!

Otros   ¡Viva nuestro rey!

Aben Abó   No, guerreros míos, no...; marchemos contra el ene-
                      migo; y en medio de sus filas asentaré la corona en mis
                      sienes.

(Va a partir con ademán resuelto; Aben Farax le grita en medio del teatro:)

Aben Farax   ¡Aben Abó!... Mira: ¿ves este reguero de sangre? Ese
                      es el camino del trono.

Fin del drama

Libros a la carta

A la carta es un servicio especializado para

empresas,

librerías,

bibliotecas,

editoriales

y centros de enseñanza;

y permite confeccionar libros que, por su formato y concepción, sirven a los propósitos más específicos de estas instituciones.

Las empresas nos encargan ediciones personalizadas para marketing editorial o para regalos institucionales. Y los interesados solicitan, a título personal, ediciones antiguas, o no disponibles en el mercado; y las acompañan con notas y comentarios críticos.

Las ediciones tienen como apoyo un libro de estilo con todo tipo de referencias sobre los criterios de tratamiento tipográfico aplicados a nuestros libros que puede ser consultado en www.linkgua.com.

Linkgua edita por encargo diferentes versiones de una misma obra con distintos tratamientos ortotipográficos (actualizaciones de carácter divulgativo de un clásico, o versiones estrictamente fieles a la edición original de referencia).

Este servicio de ediciones a la carta le permitirá, si usted se dedica a la enseñanza, tener una forma de hacer pública su interpretación de un texto y, sobre una versión digitalizada «base», usted podrá introducir interpretaciones del texto fuente. Es un tópico que los profesores denuncien en clase los desmanes de una edición, o vayan comentando errores de interpretación de un texto y esta es una solución útil a esa necesidad del mundo académico.

Asimismo publicamos de manera sistemática, en un mismo catálogo, tesis doctorales y actas de congresos académicos, que son distribuidas a través de nuestra Web.

El servicio de «libros a la carta» funciona de dos formas.

1. Tenemos un fondo de libros digitalizados que usted puede personalizar en tiradas de al menos cinco ejemplares. Estas personalizaciones pueden ser de todo tipo: añadir notas de clase para uso de un grupo de estudiantes, introducir logos corporativos para uso con fines de marketing empresarial, etc. etc.

2. Buscamos libros descatalogados de otras editoriales y los reeditamos en tiradas cortas a petición de un cliente.

Colección DIFERENCIAS

Diario de un testigo de la guerra de África	Alarcón, Pedro Antonio de
Moros y cristianos	Alarcón, Pedro Antonio de
Argentina 1852. Bases y puntos de partida para la organización política de la República de Argentina	Alberdi, Juan Bautista
Apuntes para servir a la historia del origen y alzamiento del ejército destinado a ultramar en 1 de enero de 1820	Alcalá Galiano, Antonio María
Constitución de Cádiz (1812)	Autores varios
Constitución de Cuba (1940)	Autores varios
Constitución de la Confederación	Autores varios
Sab	Avellaneda, Gertrudis Gómez de
Espejo de paciencia	Balboa, Silvestre de
Relación auténtica de las idolatrías	Balsalobre, Gonzalo de
Comedia de san Francisco de Borja	Bocanegra, Matías de
El príncipe constante	Calderón de la Barca, Pedro
La aurora en Copacabana	Calderón de la Barca, Pedro
Nuevo hospicio para pobres	Calderón de la Barca, Pedro
El conde partinuplés	Caro Mallén de Soto, Ana
Valor, agravio y mujer	Caro, Ana
Brevísima relación de la destrucción de las Indias	Casas, Bartolomé de
De las antiguas gentes del Perú	Casas, Bartolomé de las
El conde Alarcos	Castro, Guillén de
Crónica de la Nueva España	Cervantes de Salazar, Francisco
La española inglesa	Cervantes Saavedra, Miguel de
La gitanilla	Cervantes Saavedra, Miguel de
La gran sultana	Cervantes Saavedra, Miguel de

tuertos, etc.

Breve relación de los dioses
y ritos de la gentilidad

Execración contra los judíos

La morisca de Alajuar

Malek-Adhel

Sublevación de Nápoles
capitaneada por Masanielo

Los bandos de Verona

Santa Isabel, reina de Portugal

La manganilla de Melilla

Informe contra los adoradores
de ídolos del obispado de Yucatán

Vida de Juan Facundo Quiroga

Tratado de las supersticiones,
idolatrías, hechicerías, y otras
costumbres de las razas aborígenes
de México

Correo del otro mundo

El espejo de Matsuyama

Estudios críticos sobre historia
y política

Leyendas del Antiguo Oriente

Los cordobeses en Creta

Nuevas cartas americanas

El otomano famoso

Fuente Ovejuna

Las paces de los reyes y judía
de Toledo

Los primeros mártires de Japón

Comedia nueva del apostolado
en las Indias y martirio de un
cacique

La pérdida de España

Pomposo Fernández, Agustín

Ponce, Pedro

Quevedo y Villegas, Francisco de

Rivas, Ángel Saavedra, Duque de

Rivas, Ángel Saavedra, Duque de

Rivas, Ángel Saavedra, Duque de

Rojas Zorrilla, Francisco de

Rojas Zorrilla, Francisco de

Ruiz de Alarcón y Mendoza, Juan

Sánchez de Aguilar, Pedro

Sarmiento, Domingo Faustino

Serna, Jacinto de la

Torres Villarroel, Diego de

Valera, Juan

Valera, Juan

Valera, Juan

Valera, Juan

Valera, Juan

Vega, Lope de

Vega, Lope de

Vega, Lope de

Vega, Lope de

Vela, Eusebio

Vela, Eusebio

Colección EROTICOS

Colección ÉXTASIS

La vida es sueño	Calderón de la Barca, Pedro
Loa a El Año Santo de Roma	Calderón de la Barca, Pedro
Loa a El divino Orfeo	Calderón de la Barca, Pedro
Loa en metáfora de la piadosa hermandad del refugio	Calderón de la Barca, Pedro
Los cabellos de Absalón	Calderón de la Barca, Pedro
No hay instante sin milagro	Calderón de la Barca, Pedro
Sueños hay que verdad son	Calderón de la Barca, Pedro
El retablo de las maravillas	Cervantes Saavedra, Miguel de
El rufián dichoso	Cervantes Saavedra, Miguel de
Novela del licenciado Vidriera	Cervantes Saavedra, Miguel de
Amor es más laberinto	Cruz, sor Juana Inés de
Blanca de Borbón	Espronceda, José de
El estudiante de Salamanca	Espronceda, José de
Poemas	Góngora y Argote, Luis de
Poemas	Heredia, José María
Libro de la vida	Jesús, santa Teresa de Ávila o de
Obras	Jesús, santa Teresa de
Exposición del Libro de Job	León, fray Luis de
Farsa de la concordia	Lopez de Yanguas
Poemas	Milanés, José Jacinto
El laberinto de Creta	Molina, Tirso de
Don Pablo de Santa María	Pérez de Guzmán, Fernán
Poemas	Plácido, Gabriel de Concepción
Poemas	Quevedo, Francisco de
Los muertos vivos	Quiñones de Benavente, Luis
Primera égloga	Garcilaso de la Vega

Colección HUMOR

Lazarillo de Tormes	Anónimo
El desafío de Juan Rana	Calderón de la Barca, Pedro
La casa holgona	Calderón de la Barca, Pedro
La dama duende	Calderón de la Barca, Pedro
Las jácaras	Calderón de la Barca, Pedro

110

Printed in the United Kingdom
by Lightning Source UK Ltd.
126044UK00001B/55-60/A